Toni Lucas

Kirschensommer

Toni Lucas

Kirschensommer

Kurzroman

FSC
www.fsc.org
MIX
Papier aus verantwortungsvollen Quellen
Paper from responsible sources
FSC® C105338

édition elles
www.elles.de
info@elles.de
Umschlaggestaltung und Satz: graphik.text Antje Küchler
Umschlagfoto: © andrea photo – Fotolia.com
ISBN 978-3-95609-116-2

Luise saß vergnügt im grünen Blätterdach des knorrigen Kirschbaumes und spuckte mit Hingabe Kirschkerne in die Gegend.

Unter ihrem roten Basecap, dessen Schirm sie verwegen zur Seite gedreht hatte, quollen einige verschwitzte blonde Locken hervor. Ihr Mund war saftverschmiert, ihre blaue Arbeitslatzhose wies große, grüne Flecken auf. Auch ihr ursprünglich weißes T-Shirt sah mit den grünlich-braunen und roten Klecksen inzwischen aus wie eine Landkarte des Sommers.

Eigentlich sollte der großen Eimer, der vor ihr an einem Haken am Ast baumelte, schon längst gefüllt sein. Doch die beinahe tiefschwarzen, zuckersüßen Früchte waren eine zu große Verführung. Immer wieder landeten sie Luises Mund statt im Eimer.

Konzentriert kniff Luise die Augen zusammen und visierte eine der prachtvollen roten Rosen nahe der großen Hecke an. Sie holte tief Luft und dann – *Plopp*! Die Rose wackelte leicht. Zufrieden lächelnd zupfte Luise die nächste Handvoll Kirschen vom Zweig.

Kirschkernspucken machte einfach nur glücklich.

Während sie behaglich kaute, ließ Luise ihre Augen über die sommerliche Idylle des elterlichen Gartens wandern.

Schnurgerade reihten sich die Beete mit Salat, Kohlrabi, Bohnen und Erbsen aneinander. Die Johannis- und Stachelbeerstämmchen waren dicht mit Früchten behangen.

Luise seufzte. Sie hatte noch viel Arbeit vor sich. Emsig zupfte sie nun eine Weile Kirschen in den Eimer.

Um sie herum waren nur das Summen der Bienen und das Rascheln der Blätter zu vernehmen. Irgendwo im Dorf brummte ein Rasenmäher.

Plötzlich drang ein merkwürdiges Geräusch herauf zu ihrem luftigen Sitz. Sie beugte sich nach vorn, um besser sehen zu können.

Da sollte doch … Das konnte ja wohl nicht sein! Tatsache!

Nachbars Dackel Willi buddelte selbstvergessen neben den Tomaten.

Wütend schnappte Luise nach Luft: »Willi!«

Der Hund tat, als hörte er nicht und grub nur umso emsiger. Schlagartig war es mit Luises guter Laune vorbei. Gestern erst hatte sie die Tomaten gejätet und fein säuberlich geharkt. Nun machte Willi die ganze Mühe zunichte.

Wie schaffte er es bloß immer, durch die Hecke zu kriechen?

»Willi!« Luises Ruf folgte eine Kirsche, die ihr Ziel jedoch weit verfehlte. Stattdessen tippelte Willi nun seelenruhig hinüber zu den Gladiolen und grub mit noch größerer Begeisterung weiter.

Nun reichte es Luise. »Verdammt! Willi! Verschwinde!« Sie griff nach dem nächsten Ast, hangelte sich vorsichtig in Richtung Leiter. Schon hatte ihr Fuß eine der oberen Sprossen erreicht, als es plötzlich heftig knirschte. Der Ast, an dem Luise sich gerade festhielt, brach mit lautem Knacken.

Luise ruderte hilflos mit den Armen, erwischte einen Ast, der jedoch prompt ebenfalls brach. Fuchtelnd griff sie nach der Leiter, die, von Luises Gewicht nach hinten gezogen, ins Wanken geriet.

Für einen Moment stand Luise senkrecht auf der Leiter, ohne dass sie wusste, was sie nun tun sollte. Dann entschied sich die Schwerkraft gegen sie. Mit lautem Krachen und einem spitzen Schrei fiel Luise zu Boden. Dunkelheit schlug über ihr zusammen.

»Hallo, hören Sie mich?« Dumpf drang eine Stimme in Luises Bewusstsein. Sie spürte, wie jemand leicht gegen ihre Wange schlug.

»Mmhhhhh.« Ein langes Stöhnen entrang sich Luises Brust.

»Hallo! Machen Sie die Augen auf!«

Wieder folgten ein paar Klapse.

Luise hob mühsam die Lider. Verwundert blickte sie in zwei tiefbraune Augen, die einen mehr als besorgten Ausdruck hatten. »Mein Gott!«, stöhnte sie, als sie erfasste, was ihr gerade passiert war.

»Na, nicht ganz, aber nah dran«, schmunzelte der Mund über ihr, »Kommen Sie, bleiben Sie wach.«

»Will...«, brachte Luise mühsam hervor.

»Sie wollen jetzt erst mal gar nichts. Bleiben Sie ganz ruhig liegen. Der Rettungswagen kommt gleich«, sagte die Stimme energisch.

Noch einmal versuchte Luise den Grund für ihren Sturz vorzubringen. »Will...« Doch schon hatte sie einen Finger auf ihren Lippen.

»Schhhh. Ganz ruhig. Es wird alles wieder gut.« Diesmal klang die Stimme so liebevoll, dass bei Luise jeder Widerstand erstarb.

Umso heftiger jedoch spürte sie ihren schmerzenden Körper. Den Schmerzen nach zu urteilen, hatte sie sich jeden einzelnen Knochen im Leib gebrochen.

Luises Kopf dröhnte. Sie hatte das Gefühl, dass sich alles um sie herum drehte. Nur diese besorgten braunen Augen boten ihr einen festen Halt. Und ein Mund. Ein schön geschwungener Mund, der mit ihr redete.

Seltsamerweise tanzten Kirschen unterhalb des Mundes auf und ab. Wie konnte das sein? Vorsichtig versuchte Luise nach diesen Kirschen zu greifen. Doch als sie die Hand auch nur ein winziges bisschen hob, wurde sie sofort festgehalten.

»Nicht bewegen!«, befahl ihr der Mund erneut nachdrücklich besorgt.

Ergeben ließ Luise die Hand wieder sinken. Der Schmerz flutete ihren Körper. Stöhnend schloss sie die Augen.

Ein herber Geruch nach Heu drang Luise in die Nase. Ja, richtig! Sie hatte es gestern Abend noch zu einem Haufen zusammengerecht. War sie etwa in diesem Haufen gelandet? Schon möglich, jedenfalls piekte es scheußlich an ihren nackten Armen.

»Nicht einschlafen! Wachbleiben!« Die dringlichen Worte gingen im Geheul der Ambulanzsirene unter. Schon spürte Luise, wie ihr etwas Starres um den Hals gelegt und ein Brett untergeschoben wurde.

Nun war es eine männliche Stimme, die freundlich auf sie einredete. »Na, Flugübungen gemacht?« Ein Lächeln machte sich auf dem nunmehr bärtigen Gesicht über ihr breit. »Keine Sorge, das bekommen wir schon wieder hin. Wissen Sie noch, wie Sie heißen?«

»Luise«, brachte die Gefragte mühsam hervor, »Luise Böttcher – mit *ch*«, setzte sie gewohnheitsmäßig hinzu.

»Also, Luise Böttcher mit *ch*, wir bringen Sie jetzt ins Krankenhaus. Sie müssen sich keine Sorgen machen. Nur ruhig liegenbleiben. Dann wird das schon wieder.«

Luise wollte unwillig etwas entgegnen, doch schon fühlte sie sich angehoben und weggetragen. Wieder brandete der Schmerz in ihr hoch. Auf seltsame Weise fühlte sie nun jedoch sicher, jetzt, wo sie wusste, dass sie nichts zu entscheiden brauchte, dass man sich um sie kümmerte.

Während der Krankenwagen jaulend durch die Straßen jagte, klammerte sich Luise an den Gedanken, unbedingt die Besitzerin dieser wunderschönen braunen Augen finden zu müssen.

◆

Als Luise am nächsten Morgen in ihrem Krankenhausbett aufwachte, brummte ihr Kopf, als hätte sie drei Tage lang Party gemacht. Vorsichtig tastete sie die kahlrasierte Stelle am Hinterkopf und den Verband, der sie schmückte, ab.

Schade, kein Turbanlook. Beinahe bedauernd dachte Luise daran, wie sie sich als Kind dringlichst einen Kopfverband gewünschte hatte, um auszusehen wie eine *Sultanine*. Bei dem Gedanken musste sie glucksend lachen, was ihr erneut eine Welle von Kopfschmerz einbrachte. Auch sonst fühlte sich ihr Körper an, als wäre sie schwer verprügelt worden.

»Autsch!«, fluchte sie. Dann musterte sie neugierig den Gips, der ihren linken Arm zierte. Ob sich wohl wer finden würde, der ihr etwas Nettes draufschrieb?

»Du bist nicht mehr im Kindergarten, Luise. Hör auf, so einen Blödsinn zu denken. So viel kann dein Hirn gar nicht abbekommen haben«, schalte sie sich selbst halblaut murmelnd.

In diesem Moment klopfte es rabiat an die Zimmertür, und eine ganze Entourage Klinikpersonal kam fröhlich schwatzend herein. Allen voran lief im wehenden weißen Kittel eine Ärztin mittleren Alters.

»Guten Morgen, Frau Böttcher. Ich bin Doktor Voigt. Wie geht es Ihnen?«

Ehe Luise antworten konnte, nickte die Ärztin knapp, und eine der Assistenzärztinnen leierte mit wenig Begeisterung Anamnese und Befund herunter.

Doktor Voigt nickte beim Zuhören, dann lächelte sie Luise beinahe mütterlich an. »Sie haben es gehört. Abgesehen vom gebrochenen linken Arm haben Sie sich eine recht heftige Gehirnerschütterung zugezogen. Hinzu kommen eine Kopfplatzwunde, zwei angebrochene Rippen und Prellungen am ganzen Körper. Dabei sind sie noch glimpflich davongekommen. Sie hatten wirklich Glück. Sie hätten auch im Rollstuhl landen können.« Die Ärztin schüttelte den Kopf. Mehr zu sich selbst murmelte sie: »Jedes Jahr dasselbe, sobald die Kirschen reif sind. Können Sie sich nicht jemanden suchen, der Ihnen die Leiter hält?« Dann wandte sie sich wieder an Luise. »Sie müssen wirklich viel liegen. Ruhe ist jetzt das Wichtigste. Gibt es jemanden, der Sie heute Nachmittag abholt?«

»Heute Nachmittag?«, echote Luise verblüfft.

»Ja, sicher. Bettruhe können Sie auch zu Hause einhalten.«

Einerseits war Luise erleichtert, das Krankenhaus verlassen zu dürfen, andererseits war ihr bei dem Gedanken, mit ihrem Brummschädel allein im Haus ihrer Eltern zu wohnen, schon etwas mulmig. Sie nickte jedoch zustimmend.

Als sich die Ärztin mit ihrem Gefolge schon wieder eilig auf den Weg nach draußen machte, schoss Luise plötzlich etwas durch den Kopf. »Eine Frage noch, Frau Dr. Voigt. Wissen Sie zufällig, wer mich gefunden und den Krankenwagen gerufen hat? Es muss eine Frau gewesen sein, mit dunklen, braunen Augen und einer ziemlich energischen Stimme.«

Die Ärztin zuckte mit den Schultern. »Tut mir leid, keine Ahnung. Sie können ja nachher unten in der Notaufnahme mal nachfragen.« Schon war sie aus dem Zimmer.

Stöhnend ließ sich Luise in die Kissen zurücksinken. Da waren ihre Eltern einmal für zwei Wochen in den Urlaub an die Ostsee gefahren und hatten sie darum gebeten, das Haus zu hüten, nach dem Garten zu sehen und die Mieze zu füttern. Und was machte sie? Sie fiel am zweiten Tag vom Baum.

Luise schloss die Augen und atmete tief durch. Sie würde schon zurechtkommen. Immerhin hatte ihre Mutter für sie eingekauft, als müsse sie eine größere Naturkatastrophe überstehen. Aber so ähnlich war es ja wohl nun auch. Aber wer sollte sich jetzt um den Garten kümmern?

Müdigkeit übermannte sie. Während sie immer noch grübelnd in einen sanften Schlummer hinüberdämmerte, sah sie wieder diese dunkelbraunen Augen, die sie besorgt musterten. Seltsamerweise wurden sie erneut von Kirschen umtanzt.

Luise erwachte davon, dass ihr das Mittagessen vorgesetzt wurde. Etwas mühsam stocherte sie mit einer Hand in den Königsberger Klopsen herum. Daran, ihr das Ganze klein zu schneiden, hatte offensichtlich niemand gedacht.

Während sie lustlos kaute, grübelte Luise darüber nach, wer die Frau gewesen sein konnte, die sie gefunden hatte.

Keine der Nachbarinnen. Soviel war sicher. Auch wenn sie ihre Eltern nicht allzu oft besuchte – diese Augen wären ihr aufgefallen. Oder doch zumindest dieser Mund. Sinnlich und rot, einfach zum Küssen.

Als Luise dieser Gedanke durch den Kopf schoss, wurde sie rot. Sie lebte definitiv schon zu lange allein. Sollte sie mit achtundzwanzig nicht längst in festen Händen sein? Dann hätte sie vermutlich auch nicht solche Hirngespinste.

Aber vielleicht gaukelte ihr ihr angeschlagener Kopf auch nur diese Augen vor? Vielleicht war es nur das, was sie sich im tiefsten Inneren wünschte?

Luise schüttelte energisch den Kopf, was ihr sofort heftige Schmerzen und Übelkeit eintrug. Ein wenig angeekelt schob sie den nur halb geleerten Teller beiseite. Sie musste noch ein bisschen schlafen, ehe sie nach Hause ging.

◆

Nachmittags, als man Luise entließ, schob sie ein Pfleger im Rollstuhl an den Ausgang. Dort wartete bereits ein Taxi auf sie. Als der Fahrer ihr in den Wagen half, fühlte sich Luise durchaus unwohl. Immerhin trug sie noch immer die verschmutzten Sachen vom Vortag. Nie im Leben wäre sie sonst so auf die Straße gegangen.

Aber es nützte alles nichts. Seufzend ließ sie sich in die Polster sinken und bat den Fahrer, sie einmal ums Gebäude zum Eingang der Notaufnahme zu fahren. Dort mühte sie sich aus dem Wagen und erkundigte sich bei der diensthabenden Schwester nach der braunäugigen Frau vom Vortag.

Doch auch die Schwester konnte ihr keine Auskunft geben. Sie konnte sich lediglich noch an den Rettungsassistenten erinnern, der sie gebracht hatte.

Auf Luises eindringliche Bitten hin funkte sie ihn schließlich an und legte Luises Problem dar. Luise erkannte seine freundliche Stimme sofort.

Ja, sagte er ihr. Als sie eingetroffen waren, hätte da eine junge Frau neben ihr gekniet. Er hätte jedoch keine Ahnung, wer sie gewesen sei. Sie wäre sehr schnell verschwunden. Auch könne er Luise nur wenig Hoffnung machen, dass sie in der Eile des Notrufs ihren Namen genannt hätte. Das gehöre nicht mehr zu den fünf Ws.

Luise war enttäuscht. Mit hängenden Schultern und bei jedem Schritt leise stöhnend ging sie zurück zum Taxi. Immerhin aber wusste sie nun, dass diese wunderschönen Augen keine Halluzination gewesen waren. Irgendwie würde sie die Frau schon finden. Sie hatte ja jetzt viel Zeit.

Zuhause angekommen schlich ihr zuerst Ottilie, die schwarzweiß getigerte Hauskatze, vorwurfsvoll mauzend um die Beine.

»Ottilchen, ich mach dir ja gleich was zu essen. Ehrlich, es tut mir leid, dass ich nicht da war. Aber für mich war das auch kein

Spaß, die Nacht im offenen Hemdchen zu verbringen«, brummelte Luise mit einem Anflug von Galgenhumor.

Ottilie tat nicht so, als ob sie das interessieren würde.

Als Luise sich schließlich mit einer Tasse Kaffee auf die Couch sinken ließ, klingelte ihr Handy. Glücklicherweise hatte es den Sturz unbeschadet überstanden.

»Kind, warum meldest du dich denn nicht? Ich habe gestern den ganzen Abend versucht dich anzurufen. Ist was passiert?« Luises Mutter klang sehr aufgeregt.

Luise dachte: *Nö, Mutti. War nichts weiter, ich bin nur schnell mal auf den Kopf gefallen, hab mich in der Röhre durchleuchten lassen und lag dann völlig zugedröhnt im kurzen Hemd in einem Krankenhausbett, wo mich ein Pfleger auf den Schieber gesetzt hat. Alles prima!*

Laut sagte sie jedoch: »Alles in Ordnung, Mutti. Ich bin im Garten nur unglücklich ausgerutscht und hab mir den Arm gebrochen. Alles halb so wild. Aber mit der Kirschenernte wird es wohl nichts mehr werden.«

»Um Gottes willen! Kind! Wenn man dich schon mal alleinlässt. Bleib mir ja vom Baum weg. Nicht, dass du mir noch runterfällst. Die paar Kirschen sind doch nicht wichtig.« Luises Mutter klang wie gewohnt pragmatisch. Allerdings war ihre Besorgnis nicht zu überhören. »Hast du dich wenigstens krankschreiben lassen? Du musst doch jetzt nicht deinen Urlaub vertun!«

»Hab ich, Mutti, hab ich. Mach dir keine Sorgen wegen des Arms. Ist doch nur der linke. Da komm ich schon klar. Zur Not frage ich die Nachbarin.«

Glücklicherweise gab Luises Mutter sich damit zufrieden und bohrte nicht weiter nach. Der Rest des Gesprächs drehte sich um Wassertemperaturen, Quallen, schreiende Kinder und teure Strandkörbe.

Danach fühlte sich Luise fix und fertig. Ihr Kopf dröhnte, und sie nahm gegen jede Überzeugung eine der Schmerztabletten, die sie mitbekommen hatte. Dann verschlief sie den Rest des Tages.

Luise wachte davon auf, dass ihr jemand *Wachbleiben! Nicht einschlafen!* zugerufen hatte. Benommen schlug sie die Augen auf. Um sie herum herrschte tiefe Dunkelheit. Es dauerte eine Weile, bis sie begriff, wo sie war und was mit ihr geschehen war, so tief war sie in ihrem Traum gefangen gewesen. Wieder hatte sie dieses eindrucksvolle Augenpaar verfolgt, wieder hatte sie diese Stimme gehört.

Entweder war sie wirklich zu sehr auf den Kopf gefallen oder die Frau, die sie gefunden hatte, hatte sie sogar in der Bewusstlosigkeit beeindruckt.

Luise kicherte. Da musste sie erst vom Baum fallen, damit eine Frau sie beeindruckte. Das sagte wirklich viel über sie aus. Kein Wunder, dass sie seit beinahe zwei Jahren keine Beziehung mehr hatte.

Wie aber sollte sie sie finden? Und weshalb schwebten in ihren Träumen stets diese Kirschen um sie herum?

◆

Nachdem Luise am nächsten Morgen Ottilie ausgiebig gestreichelt und dann versorgt hatte, machte sie sich auf den Weg zur Nachbarin.

Anklagend hielt sie ihr den Gipsarm unter die Nase und verwies auf Willis Buddelaktion. Die alte Frau Michelsen wirkte sichtlich betreten. Halbherzig begann sie mit Willi zu schimpfen, der Luise schwanzwedelnd entgegengelaufen kam.

Da Willi offensichtlich nicht wusste, weshalb er gescholten wurde und mit traurigen Dackelaugen von einer zur anderen sah, hatte Luise schnell Mitleid mit ihm.

Hastig fragte sie Mathilde Michelsen, ob sie eventuell mitbekommen hatte, wer den Rettungswagen gerufen hatte. Doch die alte Frau musste passen. Sie hatte hinter ihrem kleinen Siedlungshäuschen auf der Terrasse gesessen. Erst als das Martinshorn ertönt war, sei sie nach vorn geeilt. Eine Frau habe sie nicht gesehen.

Ob sie Luise beim Gießen der Beete behilflich sein solle, fragte sie ein wenig schuldbewusst. Luise nahm dankend an. Sie mochte Mathilde Michelsen gern. Außerdem war sie fit, während ihr bei jedem Atemzug alles weh tat.

Erschöpft von der Anstrengung des morgendlichen Ausflugs ließ sie sich zu Hause erneut auf die Couch sinken. Lustlos überprüfte sie ihre Facebookseite. Eine Kollegin aus dem Kindergarten fragten sie nach ihrem *Urlaub auf dem Lande*. Eine Freundin teilte ihre mit, dass sie eine tolle Freundin für sie wüsste und ob sie nicht Lust auf ein *Blind Date* hätte, wenn sie zurück in der Stadt wäre.

Luise wollte gerade genervt das Handy weglegen, als ihr eine Idee kam. Sie würde eine Suchanfrage auf Facebook starten! Ärgerlich schlug sie sich gegen die Stirn. Wieso war ihr das bloß nicht früher eingefallen. Wie angeschlagen war ihr Hirn eigentlich? Eilig tippte sie den Text ein.

Die plötzlich aufkeimende Hoffnung, dass sie ihre Retterin doch noch finden würde, verlieh Luise ungeahnten Elan. Sie eilte in die Küche und nahm sich eine Schüssel. Dann begab sie sich in den Garten, um wenigstens ein oder zwei der Stachelbeerstämmchen abzuernten.

Sie saß jedoch nicht lange auf ihrem Stühlchen vor den Stachelbeeren, als sie spürte, dass sie sich überschätzt hatte. Sie Sonne brannte ihr unbarmherzig auf den Kopf. Ihr wurde schwindelig.

Da hörte sie Willi freudig kläffen. Schon wollte sie wütend aufspringen, um zu sehen, an welcher Ecke er sich durchbuddelte, als sie sah, wie er schwanzwedelnd auf sie zulief. Ihm auf den Fersen war Mathilde Michelsen von nebenan.

»Luise, das kannst du doch nicht machen!«, polterte sie ungehalten los und nahm ihr die Schüssel aus den Händen. Dann fasste sie sie unter. »Los, wir beide gehen jetzt ins Haus, und du legst dich sofort wieder hin. Die paar Beeren mache ich dir heute Abend ab, wenn es kühler ist.«

»Aber …!«, versuchte Luise lahm zu protestieren.

»Kein *Aber*!«, schnitt Mathilde ihr das Wort ab, »Und wag es dir bloß nicht, in den nächsten Tagen irgendwo anders als auf der Terrasse im Liegestuhl aufzutauchen. Verstanden?«

»Hm«, lenkte Luise kleinlaut ein. Ihr war noch immer schwummerig, und sie sehnte sich plötzlich nach der dunklen Kühle ihres elterlichen Wohnzimmers.

◆

Die nächsten beiden Tage verbrachte Luise wirklich auf der Couch. Wenn sie nicht gerade vor sich hindämmerte oder Ottilie kraulte, überprüfte sie ihr Handy. Doch stets war es das Gleiche – keine Reaktion auf ihre Suche. Ihre Enttäuschung war grenzenlos.

Den einzigen Menschen, den sie sah, war Mathilde, die ihr das geerntete Obst fix und fertig in Beuteln für die Gefriertruhe vorbeibrachte. Sogar ein paar Gläser Marmelade hatte sie gekocht.

Am Nachmittag des dritten Tages nach ihrem Aufruf klingelte es.

Luise öffnete mit schlechtem Gewissen die Tür. »Frau Michelsen, Sie müssen doch nicht alles ab. . .« Verwundert brach sie den Satz ab.

Vor ihr stand eine mittelgroße, schlanke Frau im buntgeblümten Sommerkleid. Ihr dunkelbraunes Haar hatte sie zu einem losen Zopf gebunden. Ihre dunklen Augen blitzten fröhlich. In den Händen hielt sie einen kleinen Strauß Feldblumen.

»Ähm, Sie wünschen?« Wie gebannt starrte Luise die dunklen Augen an. Das konnte doch nicht wahr sein! Entweder hatte sie Halluzinationen oder … Das gab es doch gar nicht! Sollte das wirklich . . .?

Ehe Luise ihre Fassung wiederfand, reckte ihr die junge Frau den Blumenstrauß entgegen: »Ich bin Nina Hofmann. Ich habe Sie neulich gefunden.«

Sie starrten einander einen Moment lang an – Nina fragend, Luise verwirrt. Da fiel Luise ein, dass die junge Frau vor ihr vermutlich ihren Namen nicht kannte. »Ach so, ja. Natürlich.« Sie fuhr sich unsicher durch die Haare. »Ähm, ich bin Luise. Luise Böttcher.«

»Tut mir leid, dass ich Sie so überfalle. Aber ich wollte mal sehen, wie es Ihnen nach Ihrem Sturz geht. Darf ich reinkommen?«

»Ähm, natürlich, gern doch.« Hastig griff Luise nach dem Strauß und trat beiseite.

Nina Hofmann lächelte und schlüpfte in den kühlen Flur. »Puh, wie angenehm. Draußen ist es wirklich kaum zum Aushalten.« Sie fächelte sich mit einer Hand Luft zu.

»Ja, das war hier schon früher so. Man kann hier drinnen Frostbeulen bekommen, obwohl draußen dreißig Grad sind.« Luise betrachtete unschlüssig den Strauß in ihrer Rechten.

»Wasser?«, half Nina Hofmann ihr auf die Sprünge.

»Ja, klar. Wasser.« Luise lächelte irritiert. »Für Sie und die Blumen, schätze ich mal. 'Tschuldigung. Mein Kopf arbeitet noch etwas im Schongang.« Sie wandte sich in Richtung Küche.

»Kein Problem, solange er überhaupt noch arbeitet. Da hätte ja sonst was passieren können. Ich hoffe, ihr Arm ist das Schlimmste, was kaputtgegangen ist.« Nina sah Luise prüfend an. »Ist sonst alles in Ordnung? Geht es Ihnen soweit gut?«

Luise hatte inzwischen eine Vase gefunden und stellte die Blumen ins Wasser. Noch immer schmerzte ihr Körper bei jeder Bewegung. Der Gips an ihrem linken Arm war extrem hinderlich.

Sie lächelte ein wenig schief. »Naja, sagen wir mal, es könnte schlimmer sein. Die Rippen sind angeknackst, aber die paar blauen Flecken werden schon leicht grünlich.« Sie suchte nach zwei Gläsern und angelte eine Flasche Wasser aus dem Kühlschrank. »Gehen wir ins Wohnzimmer?«

Nina nickte. »Gern«, sagte sie und griff nach den Gläsern und der Flasche. Luise forderte sie mit einer Handbewegung auf, vorzugehen.

Im gemütlichen Wohnzimmer ließ sich Nina ohne viel Federlesen auf der großen, hellbeigen Ledercouch nieder. Dann goss sie beiden Wasser ein. Luise rutschte indessen mit unterdrücktem Stöhnen in den Sessel.

Während sie beide durstig tranken, hatte Luise Zeit, ihr Gegenüber einen Moment lang in Ruhe zu mustern. Ihre Träume hatten sie nicht betrogen. Nina hatte wirklich faszinierende Augen. Samtig und dunkel übten sie einen beinahe unwiderstehlichen Sog auf Luise aus, dem sie sich nur schwer entziehen konnte.

Auch generell gefiel ihr, was sie sah. Nina machte in ihrem Sommerkleid eine gute Figur. Sie war braungebrannt, ohne dass es übertrieben gewirkt hätte. Ihr Arme und Beine waren muskulös, als würde sie regelmäßig trainieren. Ihr Zopf wippte bei jeder Kopfbewegung keck. Auch duftete sie angenehm frisch.

Betreten stellte Luise ihr Glas auf den Tisch und sah an sich selbst herab. Sie trug ein ausgewaschenes T-Shirt der *Toten Hosen*, das schon bessere Tage gesehen hatte. Die kurz abgeschnittenen Hosenbeine ihrer Jeans fransten arg aus.

An ihrem Hinterkopf hatten die Ärzte eine breite Schneise in ihre blonden Locken geschnitten. Diese zierte die getuckerte Linie der Platzwunde, von der Luise längst den Verband gelöst hatte. Zu allem Unglück hatte sie am Morgen auch nicht geduscht, da ihr das mit dem Gipsarm zu umständlich erschienen war.

Röte stieg ihr ins Gesicht. Sie murmelte: »Entschuldigen Sie meinen Aufzug. Normalerweise lege ich etwas mehr Wert auf mein Äußeres.« Sie lächelte schief. »In dem Aufzug hier würde ich meine Kids wohl auch mächtig erschrecken.«

»Sie haben Kinder!« In Ninas Augen trat ein begeistertes Leuchten. »Das ist ja toll. Und wo sind die jetzt? Hier?« Sie blickte sich suchend um.

Luise lachte fröhlich auf. »Nein, Sie haben mich missverstanden. Ich selbst habe keine Kinder. Jedenfalls noch nicht. Ich bin Kindergärtnerin.« Ihr Blick bekam plötzlich einen ganz verklärten Ausdruck. »Wenn man sich so viel mit den Kleinen abgibt, ist es manchmal so, als wären es die eigenen.«

»Ich weiß, wovon Sie reden!«, hakte Nina begeistert ein, »Wenn die Kleinen vor mir auf dem Tisch sitzen, dann könnte ich sie alle nur in den Arm nehmen und knuddeln.« Sie hielt kurz inne, lächelte verschmitzt und ergänzte: »Auch wenn mich einige sicherlich mit Begeisterung kratzen, beißen und treten würden.«

»Klingt ja besorgniserregend. Was machen Sie denn mit den Ärmsten?«

Wieder lachte Nina ein klares, fröhliches Lachen. »Oh, eigentlich gehöre ich zu den Guten. Aber das sehen die Knirpse oft anders. Ich bin Kinderärztin. Das ist auch der Grund, weshalb ich in letzter Zeit hier im Dorf bin. Ich bin die Vertretung von Dr. Meisner.«

»Ach ja. Der ist im Urlaub, habe ich gehört. Er hat mich, als ich noch klein war, auch verarztet. Kommt er bald wieder?«, erkundigte sich Luise.

»Nächste Woche. Wussten Sie, dass er schon einen Nachfolger für seine Praxis sucht? Das wird sicher nicht so einfach.« Nachdenklich schüttelte Nina den Kopf.

»Wäre das nichts für Sie? Hier auf dem Dorf eine kleine Praxis? Ein Häuschen dazu. Das wäre doch perfekt, so mit Mann und Kindern«, warf Luise scheinbar wie nebenbei ins Gespräch. Innerlich jedoch war sie höchst angespannt.

»Oje, dörfliche Idylle. Ich glaube nicht, dass das etwas für mich wäre«, lachte Nina, »Klar, für Kinder wäre das nicht schlecht, aber das hat noch ein bisschen Zeit. Ich arbeite in der Stadt im Georgenkrankenhaus. Dort habe ich auch einige Belegbetten in der Kinderchirurgie. Ich glaube, hier wäre es mir zu ruhig. Außerdem«, ihre Augen funkelten schelmisch, »außerdem liebe ich es, an Kindern herumzuschnippeln. Zumindest, wenn es ihnen hinterher wieder bessergeht.«

Luise nickte verstehend. Sie kannte das Georgenkrankenhaus, war dort auch schon mal mit einem ihrer kleinen Schützlinge gewesen.

In Bezug auf Ninas Privatleben war sie im Grunde jedoch auch nicht weiter als vorher. Ninas Augen schienen ihr zwar noch bezaubernder als nach ihrem Sturz, doch was nutzte ihr das, wenn sie einfach nur eine freundliche Kinderärztin war, die zu Hause einen Mann auf der Couch sitzen hatte?

Plötzlich fiel ihr etwas ein. »Auweia! Da sitzen wir hier und plaudern, und zum Wichtigsten sind wir noch gar nicht gekommen: Danke, dass Sie sich auf meinen Aufruf hin gemeldet haben. Es liegt mir wirklich sehr am Herzen, mich bei Ihnen persönlich zu bedanken. Wer weiß, wie lange ich noch so gelegen hätte, mit meinem Sprung in der Schüssel. Willi hätte mir bestimmt nicht geholfen.«

Luise hatte das alles so schnell hervorgesprudelt, dass Nina sie nur verwundert anschaute. »Ups, vielleicht bin ich ja etwas langsam, aber von welchem Aufruf sprechen Sie? Und wer ist Willi?«

Luise wurde vor lauter Verlegenheit rot bis unter die Haarwurzeln. »Na, mein Facebookaufruf. Es konnte mir doch niemand sagen, wer den Krankenwagen gerufen hat. Alle hatten nur eine attraktive junge Frau gesehen.« Als Luise das Wort *attraktiv* herausgerutscht war, biss sie sich verlegen auf die Lippen. Das klang doch ein bisschen sehr verräterisch.

Doch Nina schien nichts bemerkt zu haben. Auf ihre erfrischende Art lächelte sie Luises Verlegenheit weg. »Oh, danke für das Kompliment. Aber den Aufruf habe ich gar nicht gelesen. Ich wollte einfach so mal schauen, wie es Ihnen geht. Sozusagen Berufsethos. Und sorry für mein Verschwinden. Ich kam gerade vom Bahnhof und war auf dem Weg zum Dienst, als ich Ihren Schrei hörte. Ein kleiner Junge hatte eine böse Schnittwunde, die genäht werden musste und wartete dringend auf Hilfe. Zum Glück kam der Krankenwagen ziemlich schnell. Da wusste ich Sie in guten Händen und bin in die Praxis geeilt. Tut mir leid, dass ich nicht bleiben konnte.«

Luise nickte verstehend. »Kein Problem. Hauptsache, Sie haben mich gefunden.« Wieder wurde sie rot, als sie die Doppeldeutigkeit ihrer Worte, die nur ihr selbst bewusst war, bemerkte. »Ich würde mich gern bei Ihnen bedanken, wenn ich in etwas besserer Verfassung bin. Hätten Sie Lust, mit mir einen Kaffee trinken zu gehen? Vielleicht am Wochenende? Ich bin dann auch etwas vorzeigbarer. Versprochen!« Luise lächelte unsicher.

»Gern doch. Wann immer es Ihnen passt.« Nina strahlte Luise an. Dann wandte sie den Kopf zum Fenster und machte eine ausladende Handbewegung. »Sie haben ja ein riesiges Grundstück. Wie schaffen Sie das denn?«

»Eigentlich gar nicht. Das Haus gehört meinen Eltern. Ich hüte es nur, solange sie im Urlaub sind. Normalerweise sollte ich ja die Kirschen und Beeren ernten. Aber das wird nun sicher nichts.« Sichtlich enttäuscht über ihr eigenes Versagen zuckte Luise mit den Schultern. »Die Nachbarin hilft mir ein bisschen, das Gröbste zu erledigen. Aber Mathilde ist auch schon Anfang siebzig. Da bleibt dieses Jahr eben mehr für die Stare.«

Resigniert griff Luise nach ihrem Wasserglas. Das Gespräch hatte sie spürbar angestrengt. Sie hätte viel dafür gegeben, sich hinlegen zu können. Gleichzeitig aber wollte sie nicht, dass Nina Hofmann schon ging.

Diese runzelte für einen Augenblick die Stirn. »Eigentlich mag ich ja Kirschen sehr gern. Vielleicht könnte ich Ihnen ein wenig beim Ernten helfen? Ich habe das zwar noch nie gemacht, aber in der Kletterhalle bin ich ein Ass.« Sie grinste lausbübisch.

»Sie wollen wirklich nochmal wiederkommen?« Aus Luises Mund klang das so überrascht, dass man es leicht mit Entsetzen hätte verwechseln können.

Nina nahm sich sofort etwas zurück. »Natürlich nur, wenn Ihnen das recht ist. Ich will mich nicht aufdrängen. Ich möchte wirklich nur helfen.« Sie erhob sich. »Vielleicht sollte ich jetzt auch gehen. Sie sehen aus, als bräuchten Sie ein wenig Ruhe.«

Hastig stemmte sich auch Luise mit schmerzverzogenem Gesicht aus ihrem Sessel hoch. »Nein, nein. Schon wieder ein Missverständnis. Ich bin definitiv nicht in Form.« Sie schwankte leicht, weil ihr Kreislauf nicht so recht in Schwung kam, griff Haltsuchend ins Leere, taumelte stärker und landete – in Ninas Armen.

Einen Augenblick lang standen sie so, Auge in Auge, beinahe wie in einer innigen Umarmung. Umfangen von Ninas frischem Duft spürte Luise ein so starkes Knistern zwischen ihnen beiden, dass ihr nur noch schwindliger wurde.

Auch Nina schien das zu bemerken. Eine feine Röte überzog plötzlich ihr Gesicht und ihr Dekolleté. Verlegen murmelte sie: »Sie sollten sich wirklich etwas hinlegen.«

Luise war verwirrt. Sie machte sich hastig los. »Tut mir leid. Geht schon wieder. War nur der Kreislauf.« Sie zupfte nervös an den Fransen ihrer kurzen Hose, hüstelte. »Ich würde mich ganz sicher freuen, wenn Sie mir beim Kirschenernten helfen könnten.«

Ninas Miene hellte sich sichtlich auf. »Aber gern doch. Wie wäre es mit übermorgen Nachmittag? So gegen halb sechs? Ich komme dann gleich nach der Sprechstunde.«

Luise konnte nicht verhindern, dass sich ein Strahlen über ihr Gesicht ausbreitete. »Schön, ich freue mich. Und Sie können mich Luise nennen«, haspelte sie errötend.

Doch Nina schien ihre Aufregung nicht zu bemerken. »Gut, dann machen wir das so«, lächelte sie. Als sie bemerkte, dass dieser Satz nicht ganz eindeutig war, fügte sie hinzu: »Ich meine, Sie, also du kannst auch gern Nina sagen – so unter uns Kindertanten.« Sie grinste verschwörerisch. »Und ich komme dann übermorgen.«

Dann wandte sie sich zum Gehen. »Jetzt muss ich aber wirklich los, sonst verpasse ich noch den Zug. Außerdem brauchst du dringend etwas Schlaf. Du siehst gar nicht gut aus.«

Die zärtliche Besorgnis in ihrer Stimme ließ Luise daran denken, wie diese Frau wohl mit Kindern umgehen mochte. Sie hätte in diesem Augenblick viel dafür gegeben, ein krankes Kind zu sein.

Trotz Ninas Protest begleitete Luise sie zur Haustür. Sie verabschiedeten sich mit einem festen Händedruck und der gegenseitigen Versicherung, dass es ein sehr angenehmer Nachmittag gewesen sei.

Dann, Nina befand sich bereits auf halbem Weg zur Gartenpforte, drehte sie sich plötzlich noch einmal um. Sie lächelte verschmitzt, und ihre dunklen Augen leuchteten. »Und wer war jetzt gleich Willi?«

Luise, die ihr versonnen und ein wenig sehnsuchtsvoll nachgeschaut hatte, schrak zusammen und lachte. »Oh, dieser junge Mann liebt es, in Mutters Beeten zu buddeln, hat knuffige Schlappohren und küsst gern ziemlich feucht. Aber seinem Blick kann man einfach nicht widerstehen. Ein echter Dackel eben.«

Nina, die zunächst verständnislos die Stirn krausgezogen hatte, stimmte in Luises Lachen mit ein. »Der perfekte Mann sozusagen.«

»Sozusagen.« Luise sah zu, wie Nina die Gartenpforte sorgfältig hinter sich schloss und winkend die kleine Seitenstraße entlang in Richtung Bahnhof davonschritt.

Dabei wurde ihr ein wenig weh ums Herz und sie spürte ein lange vermisstes Kribbeln in der Magengegend. Sollte sie sich wirklich ein bisschen in Nina verguckt haben? Ihr wurde schwindelig. Diesmal war es nicht ihr Kreislauf, der verrücktspielte.

»Die perfekte Frau sozusagen?«, flüsterte sie leise vor sich hin. Dann verschwand sie im Haus, um sich nach diesem aufregenden Nachmittag hinzulegen.

◆

In der folgenden Nacht fand Luise kaum Schlaf. Immer wieder sah sie Nina vor sich – ihre bezaubernden Augen, ihr lausbübisches Lächeln, ihren wippenden Zopf. Sie erinnerte sich an die sanfte Berührung ihrer Hand, an jedes ihrer Worte.

Immer wieder ging sie ihr Gespräch durch. Konnte es sein, dass Nina ebenfalls etwas mehr als ärztliche Fürsorge für sie empfand? Wie wahrscheinlich schien es denn, dass sie vom Baum fiel und ausgerechnet von einer frauenliebenden Frau gefunden wurde?

In Luises Kopf kreiselten die Gedanken, was nicht gerade hilfreich war, da sie noch immer unter starken Kopfschmerzen litt.

Am nächsten Morgen erwachte sie müde und zerschlagen aus einem unruhigen Schlaf voller wirrer Träume. Der Gedanke, dass es noch beinahe sechsunddreißig Stunden dauerte, bis Nina vorbeikommen würde, verstärkte das Kribbeln in Luises Magengegend so erheblich, dass es bis in ihre Arme und Hände ausstrahlte.

Der morgendliche Blick in den Spiegel ernüchterte sie jedoch augenblicklich. Es erschien ihr nun beinahe absurd, dass Nina etwas für sie empfand. Ihr Gesicht war vom unerquicklichen Schlaf verquollen, ihr Haar eine einzige Katastrophe. Ihr Rücken war von grünlich-gelb schimmernden Flecken nur so übersät. Selbst der Gips sah schmuddelig aus.

Ob Nina überhaupt wiederkam? Es würde beinahe an ein Wunder grenzen. Luise schlurfte enttäuscht in die Küche. Dort suchte sie sich eine große Plastiktüte und Klebeband, um ihren Gips wasserfest zu verpacken.

Sie durfte sich nicht gehen lassen. Das war sie sich schuldig. Auch für ihre Eltern musste sie wieder fit aussehen. Ihre Mutter rief jeden Tag zweimal an und erkundigte sich nach ihrem Befinden. Ihr hatte sie wahrscheinlich auch den Urlaub verdorben.

Alles nur wegen Willi!

Nach den Anstrengungen der morgendlichen Routine musste sich Luise eingestehen, dass sie auch eine knappe Woche nach dem Unfall noch weit davon entfernt war, gesund zu sein.

Murrend legte sie sich auf die Couch und hing ihren Nina-Fantasien nach, wobei sie Ottilie inbrünstig kraulte.

Am Nachmittag dann fand sie die Kraft, zum Frisör zu gehen. Mit der Frisörin war sie zur Schule gegangen. Sie sahen sich nur ab und zu, wenn Luise ihre Eltern besuchte. Gelegentlich tranken sie dann einen Kaffee zusammen und plauderten über Belangloses.

Als Luise diesmal, erschöpft von dem kurzen Weg, den Salon betrat, schrie Saskia erschrocken auf. »Luise! Wie siehst du denn aus? Bist du unter den Bus geraten? Setz dich bloß schnell hin! Du siehst ja aus wie ein Gespenst.«

Sie zog ihr einen Stuhl heran und nötigte sie zum Hinsetzen.

Luise wehrte sich halbherzig. »Sasi, mach doch nicht so einen Aufriss. Mir geht's gut. Ich bin nur von der Leiter gefallen. Und auch nur, weil Willi wieder in Mutters Beeten gebuddelt hat. Alles halb so wild.«

»Wenn das bei dir *halb so wild* ist, möchte ich nicht wissen, was du sagst, wenn noch etwas Schlimmeres passiert. Magst du einen Kaffee?«

Ohne eine Antwort abzuwarten, verschwand Saskia in ihrem kleinen Aufenthaltsraum, um die Kaffeemaschine in Gang zu setzen.

Luise war froh, dass sonst niemand im Laden war. Auch wenn die stämmige, untersetzte Saskia mit ihrem braunen Kurzhaarschnitt in Jeansrock und ärmelloser Bluse nicht unbedingt wie das Klischeebild einer Frisörin wirkte, hatte sie zuweilen gluckenhafte Anwandlungen, denen nur schwer zu entkommen war.

Als Saskia mit zwei Tassen Cappuccino und einer Schale Kekse zurückkam, hatte Luise sich soweit von den Strapazen des kurzen Spaziergangs an diesem heißen Sommernachmittag erholt, dass sie wieder einen normalen Puls und angemessene Farbe im Gesicht hatte.

Dankbar nippte sie am Cappuccino. Dass sie dafür Saskia jede Kleinigkeit ihres Unfalls erzählen musste, nahm sie in Kauf. Immerhin war der kleine Salon die Nachrichtenzentrale des Ortes.

»Übrigens habe ich eine Weile gebraucht, um herauszufinden, wer mich denn da unter dem Baum gefunden hat«, schloss Luise ihren kurzen Bericht.

»Und? Wer war es?« Pure Neugier flackerte in Saskias grünen Augen.

»Die Kinderärztin, die Dr. Meisner vertritt«, ließ Luise wie nebenbei verlauten, »Kennst du die?«

»Aber klar doch. Erst letzte Woche war ich mit Emma bei ihr, weil mein liebes Kind mal wieder eine kräftige Erkältung aus dem Kindergarten mitgebracht hat. Keine Ahnung, wie du das zwischen all den bakterienverseuchten Kids aushältst, ohne ständig krank zu sein.« Saskia nahm einen tiefen Schluck aus ihrer Tasse.

»Och, kein Problem. Ich bin doch geimpft und entwurmt. Was hattest du denn für einen Eindruck von Ni… ähm, Frau Hofmann? Ist sie gut?«

Saskia schien den kleinen Versprecher nicht gehört zu haben. »Ja, war schon in Ordnung. Emma zumindest war begeistert. Aber das lag wohl vor allem an den Belohnungsgummibärchen. Wäre schon schön, wenn wir so eine junge Ärztin hier im Ort hätten. Eigentlich haben wir doch viel zu bieten, so für junge Familien, findest du nicht?«

Luise erblasste. »Hat sie denn Familie?«

»Keine Ahnung. Auf ihrem Schreibtisch stand schon ein Foto. Aber frag mich nicht, wer da drauf war.« Saskia hatte ausgetrunken und baute sich nun mit in die Hüften gestemmten Händen vor Luise auf. »Wollen wir mal schauen, was wir aus deinem Katastrophengebiet machen können?«

»Klar, darum bin ich doch hier.« Luise wirkte plötzlich seltsam geistesabwesend. Willig nickte sie zu allen Vorschlägen, die Saskia ihr machte. Auch während des Schneidens wurden ihre Antworten immer einsilbiger.

Wie konnte sie nur glauben, dass Nina noch frei und ungebunden war? So eine Frau war doch garantiert in einer Beziehung oder hatte jede Menge Verehrerinnen, im Zweifelsfalle auch Verehrer. Es gab keinen vernünftigen Grund, weshalb Nina auch nur einen Gedanken daran verschwenden sollte, eine wie auch immer geartete Beziehung zu Luise aufzunehmen.

In derlei unerfreuliche Gedanken vertieft, achtete Luise kaum darauf, was Saskia mit ihrer Frisur anstellte. Erst als diese »So, fertig. Schau mal« sagte, schrak sie zusammen.

Als Luise in den Spiegel blickte, hätte sie sich beinahe nicht wiedererkannt. Ihre üppigen blonden Locken waren verschwunden. Zurück war ein kesser Kurzhaarschnitt geblieben, der ihr etwas Jungenhaft-Androgynes verlieh.

»Oh«, entfuhr es Luise, und sie probierte ein freches Grinsen aus.

»Zufrieden?«, lächelte Saskia. »Wenn du hier ein bisschen zupelst und dort ein paar Haare zurechtkämmst, dann fällt die Narbe von vorn gar nicht mehr auf. Außerdem macht sich bei der Hitze sowieso ein Hut ganz gut.«

»Öhm, naja, war wohl das Beste, was aus dem Schlachtfeld herauszuholen war«, gab Luise gedämpft zurück. »Meine Mutter wird ein bisschen erschrecken. Aber sie gewöhnt sich sicher daran.« Sie schüttelte vorsichtig den Kopf, um herauszufinden, wie sich ihre neue Frisur anfühlte. Ziemlich luftig, fand sie.

Als Saskia zu weiterem Smalltalk ansetzen wollte, kam glücklicherweise Kundschaft, sodass Luise sich verabschieden konnte.

Leise pfeifend schlenderte sie nach Hause. Neue Frisur, neues Leben? Es wäre ja zu schön, wenn an diesem Spruch etwas dran wäre.

◆

Obwohl Luise sich erschöpft und müde fühlte, machte sie in der darauffolgenden Nacht erneut beinahe kein Auge zu. Zu groß war ihre Aufregung, zu intensiv ihre Vorfreude, zu stark ihre Angst vor einer Enttäuschung.

Ninas Augen verfolgten sie. Lächelnd schienen sie Luise zu sich zu locken. Ihr schön geschwungener Mund schien ihr etwas zuzurufen, doch so sehr Luise sich mühte, sie verstand es nicht.

Schweißgebadet wachte sie am nächsten Morgen auf. Obwohl sie wusste, dass sie noch mehr als genug Zeit bis zu Ninas Eintreffen hatte, entfaltete sie eine hektische Umtriebigkeit, die sie durchaus selbst ein wenig erschreckte.

Sie räumte die ohnehin ordentliche Wohnung auf, machte frische Limonade, bügelte ihre frisch gewaschene Arbeitshose, stellte Leiter und Eimer für die Kirschen bereit.

Danach war Luise so geschafft, dass sie sich hinlegen musste. Sie fiel in einen tiefen Schlaf und wachte erst auf, als Ottilie maunzend auf ihr herumlief und ihr das Gesicht leckte.

Erschrocken schnellte Luise hoch. Es war kurz nach halb fünf. In einer Stunde würde Nina da sein!

Luise duschte hastig, kämpfte eine Weile verzweifelt mit ihrer neuen Frisur und zog dann die frische Arbeitslatzhose sowie ein frisches, weißes T-Shirt an. Das Ganze krönte sie mit einem Hauch ihres Lieblingsparfüms.

Dieses Mal wollte sie den bestmöglichen Eindruck machen.

Während sie in einem Sessel nervös auf Ninas Klingeln wartete, fühlte sie sich wie vor einem ersten Date. Dieses Kribbeln, diese Angespanntheit, ihr trockener Mund – kein Zweifel, sie hatte sich in Nina verguckt. Oder doch verliebt?

Luise schaute unruhig auf die große Wanduhr. Es war inzwischen fünf vor halb sechs. Wo blieb Nina nur?

Angespannt beobachtete sie das ruckartige Vorrücken des Sekundenzeigers. Klack, klack, klack, klack. Jedes einzelne Klacken zerrte an ihren Nerven.

Luise sprang auf und lief zum Fenster. Doch der Vorgarten, in dem sie längst hätte Unkraut zupfen müssen, lag verwaist. Nur kleine, dicke Hummeln flogen brummelnd um die voll erblühten roten und weißen Rosen.

Im Haus gegenüber waren die Jalousien heruntergelassen. Auch Mathilde von nebenan schien heute nicht im Garten zu sein. Nicht einmal Willis Bellen war zu hören. Selbst die Straße dehnte sich leer und öde hinter der Hecke.

Eine Weile kam sich Luise vor wie der letzte Mensch auf Erden. Allein, verlassen, krank.

»Nun mach mal ’nen Punkt! Luise, du spinnst doch!« Erschrocken vom Klang ihrer eigenen Stimme wandte sich Luise hastig vom Fenster ab und schüttelte ein wenig erbost über sich selbst den Kopf. Sie ging nach draußen und machte es sich auf der Bank vor dem Haus bequem.

Dort saß sie noch keine zwei Minuten, als sie einen kleinen Strohhut eilig über der Hecke entlangschweben sah. Ehe Luise sich über dieses Phänomen wundern konnte, war Nina schon am Gartentor und winkte lachend zu ihr herüber.

»Komm rein!«, gab Luise winkend zurück und stand auf.

»Hallo! Tut mir leid, dass es ein bisschen später geworden ist, aber heute war ziemlich viel los.« Nina zog nachdenklich die Stirn kraus. »Also eigentlich ist immer viel los, aber heute besonders. Es ist wie verhext. Wenn ich mal was vorhabe, fallen die lieben Kleinen wie die Fliegen vom Rad oder holen sich den Sonnenbrand ihres Lebens.« Sie lachte ihr ansteckendes Lachen. »Aber dafür bin ich schließlich da.«

»Eben. Ich bin froh, dass du kommen konntest. Die Stare feiern schon Feste im Baum.« Luise reichte ihr die Hand, doch Nina ignorierte diese geflissentlich. Stattdessen begrüßte sie Luise mit einer kurzen freundschaftlichen Umarmung.

»Was ich verspreche, halte ich. Definitiv.« Nina trat einen Schritt zurück und betrachtete Luise mit professionellem Blick. »Du siehst heute wirklich schon etwas besser aus. Nicht mehr so blass. Was macht der Arm? Schicke Frisur übrigens.«

Luise wurde rot. »Danke, dem Arm geht's ganz gut und die Frisur war reine Notwehr. So wirklich daran gewöhnt habe ich mich aber noch nicht.« Sie zupfte verlegen an ihrem Pony.

»Nein, wirklich, sieht gut aus. Du siehst aus wie ein Lausbub. So jung und frech. Hauptsache, du fällst nicht wieder von einem Baum.« Nina zwinkerte verschmitzt, was Luise nur noch mehr zum Erröten brachte.

»Wenn du meinst. Aber auf einen Baum komme ich mit dem Arm momentan wohl eher nicht. Magst du was trinken? Ich habe Limonade gemacht.« Unauffällig versuchte Luise, Nina zu betrachten.

Diese trug knielange Jeans und ein ausgeblichenes T-Shirt. Ihre Füße steckten in ausgetretenen Turnschuhen. Über ihrer Schulter baumelte eine Leinentasche. Niemals hätte Luise vermutet, dass sie Ärztin wäre.

Als Nina Luises taxierenden Blick bemerkte, wurde sie verlegen. »Ich weiß schon, nicht gerade Haute Couture. Aber für den Baum reicht's.«

»Nein, nein. So war das nicht gemeint. Ich habe nur ...«, haspelte Luise aufgeregt und blieb schließlich stecken.

»... den Wert der Arbeitskraft eingeschätzt?«, schmunzelte Nina.

»Ja, ich meine nein, ... ähm, magst du ein Glas Limonade?«, wand sich Luise.

»Später gern. Vielleicht fangen wir einfach mit dem Pflücken an? Dann schaffe ich sicher auch noch meinen letzten Zug.«

Froh, der peinlichen Situation entronnen zu sein, führte Luise Nina in den Garten.

»Wow, du hast ja schon alles vorbereitet. Selbst die Leiter steht schon. Wie hast du das bloß geschafft mit deinem Arm und den angebrochenen Rippen?«, wunderte sich Nina verblüfft.

»Och, wenn man will, geht alles«, gab Luise zurück. Dass es ihr anschließend sehr schlecht gegangen war, weil sie definitiv an ihre Grenzen gestoßen war, verschwieg sie wohlweislich. Ein Indianer kannte schließlich keinen Schmerz.

»Na, dann wollen wir mal.« Flink wie ein Eichhörnchen stieg Nina auf die Leiter und begann zu pflücken. Ein Weile war nur das dumpfe Ploppen der Kirschen zu hören, wenn sie auf den Eimerboden fielen.

Schließlich rief Luise: »Du kannst ruhig ein paar essen. Die schmecken wirklich gut.«

»Ja, die sehen auch toll aus«, tönte es von oben herab. »Aber wenn ich erst damit anfange, kommt keine mehr in den Eimer.«

»Kommt mir bekannt vor«, grinste Luise.

Wieder pflückte Nina eifrig.

»Wie hat es dich eigentlich in unser Kaff verschlagen?«, wollte Luise nach einer Weile wissen.

»Naja, *Kaff* ist übertrieben. Ich finde es eigentlich ganz nett hier. Ehrlich gesagt, war es eine rein finanzielle Sache. Man hat hier eine Vertretung gesucht und mit einem ordentlichen Batzen Geld gelockt. Da bin ich der Versuchung erlegen. Außerdem musste ich mal raus aus dem Klinikalltag. Ich glaube, ich bin viel zu neugierig auf das Leben, um jetzt schon in der Alltagsroutine zu versinken. Und du, warum bist du hier weg? Ist doch idyllisch, und Kinder gibt's jede Menge.«

Luise, die die Leiter hielt, verlagerte ihr Gewicht von einem Fuß auf den anderen, ehe sie zögernd antwortete: »Ach, da kam viel zusammen. Pubertäres Aufbegehren gegen die dörfliche Langeweile, Stress mit meinen Eltern. Sie wollten, dass ich irgendwann das Haus übernehme, ich wollte das nicht. Am Ende habe ich meinen Kopf durchgesetzt und bin gegangen.« Bei dem Gedanken daran legte sich ein Schatten über Luises Gesicht. »Aber das ist Ewigkeiten her. Inzwischen vertragen wir uns gut, so auf die Distanz. Sie wollen zwar immer noch, dass ich das Haus mal übernehme, aber wer würde schon mit mir hierherziehen?«

Der letzte Satz war Luise einfach so herausgerutscht. So hatte sie auch nicht verhindern können, dass er merkwürdig sehnsüchtig klang.

»Also hält dich die Liebe in der Stadt«, hakte Nina nach. Neugierig hielt sie im Pflücken inne und schaute Luise eindringlich aus luftiger Höhe an.

Die hatte das Gefühl, in Ninas Augen, die wie dunkle Seen schimmerten, zu ertrinken. Heftig schnappte sie nach Luft. »Nein, nicht mehr. Das ist schon eine Weile vorbei.«

Mit einem Mal hatte Luise die Nase voll von der Heimlichtuerei, dem Versteckspiel, dem sich vorsichtig Herantasten. Plötzlich war es ihr egal, was Nina von ihr dachte.

Oder nein, es war ihr nicht egal. Vielmehr wollte sie sofort wissen, was sie von ihr dachte und woran sie bei ihr war.

Luise holte tief Luft und sprudelte hervor: »Meine Freundin und ich haben uns vor knapp zwei Jahren getrennt. Ich will irgendwann Kinder, sie findet, dass – Zitat – *›die kleinen Rotznasen ziemlich eklig‹* sind. Sie wollte unbedingt für ein Jahr ins Ausland, für mich kam das nicht infrage, da ich gerade eine Weiterbildung begonnen hatte. Es hat einfach nicht gepasst mit uns beiden.«

Nina nickte verstehend. »Kenn ich. Meiner letzten Freundin habe ich zu viel gearbeitet und zu wenig Party gemacht. Sie hat immer gemeint, dass man mit Anfang dreißig entweder das Leben genießen oder Karriere machen kann. Ich fand, es geht beides. Jetzt genießt sie allein oder mit wem auch immer.«

Ohne Luises Reaktion abzuwarten, wandte sich Nina scheinbar ungerührt wieder den Kirschen zu. Nur daran, dass sie noch emsiger pflückte als zuvor, konnte Luise erkennen, dass ihr Geständnis sie aufgewühlt hatte.

Das ging ja leicht, dachte sie. Sie schüttelte versonnen den Kopf, während sich ein Lächeln auf ihrem Gesicht zeigte. Mit einem Mal fühlte sie sich wirklich erleichtert, so als könnte nun nichts Schlimmes mehr geschehen. Vergnügt begann sie vor sich hin zu trällern, ohne dass ihr wirklich bewusst war, was sie da sang.

Erst als Ninas heller Sopran vom Baum herunterschallte, stimmte Luise lauthals ein und schon sangen sie vergnügt: »Zwei mal drei macht vier – widdewiddewitt und drei macht neune! Ich mach' mir die Welt – widdewidde wie sie mir gefällt. Hey – Pippi Langstrumpf hollahi-hollaho-holla-hopsasa. Hey – Pippi Langstrumpf – die macht, was ihr gefällt. Ich hab' ein Haus, ein kunterbuntes Haus, ein Äffchen und ein Pferd, die schauen dort zum Fenster raus. Ich hab' ein Haus, ein Äffchen und ein Pferd, und jeder, der uns mag, kriegt unser Einmaleins gelehrt.«

Kaum waren die letzten Töne verklungen, mussten beide Frauen prusten vor Lachen. Ninas helles Gelächter schwebte leicht und glockenklar, während Luises dunkleres Glucksen kraftvoll vom Boden her klang.

Noch immer kichernd kletterte Nina schließlich mit dem Eimer vom Baum herab und stellte ihn Luise vor die Füße. »So. Das wäre der erste. Jetzt hätte ich nichts gegen eine Limonade.«

»Kommt sofort!« Eilig strebte Luise in die Küche, packte zwei Gläser in einen Korb, nahm den Krug mit frischer Limonade aus dem Kühlschrank und legte noch eine Dose Kekse hinzu.

Beides trug sie zu einer schattigen Ecke im Garten, wo unter einem großen Sonnenschirm ein kleiner Holztisch und zwei bequeme Stühle auf die beiden Frauen warteten.

Als Nina sah, wie sich Luise abschleppte, beeilte sie sich, ihr den Korb abzunehmen. Kurz darauf saßen sie einträchtig nebeneinander, schlürften die grün schimmernde Limonade.

»Mh, lecker. Sieht zwar ein bisschen giftig aus, schmeckt aber toll. Was ist das?«, fragte Nina, nachdem sie durstig ihr Glas geleert hatte.

»Das ist ein Grashüpfer. Die Pfefferminzblätter sind aus dem Garten, der Honig von Nachbars Bienen, nur die Limetten sind gekauft.« Luise schob Nina die Dose mit den Keksen hin. »Und das sind Himbeerkekse mit selbstgepflückten Himbeeren. Das war mein morgendliches Programm, bevor ich Fallobst gespielt habe.«

Mit sarkastischem Lächeln biss Luise in einen der Kekse. Aber da kaute Nina schon mit vollen Wagen. Nur ihr begeistertes Nicken zeugte von der Qualität des Gebäcks.

Während sie einträchtig beieinander saßen, plauderten sie schließlich über allerlei aus Luises Kindergarten und Ninas Praxis. Sie lachten viel und waren immer wieder verblüfft, in wie vielen Dingen sie einer Meinung waren.

Schließlich plünderten sie übermütig einen Teil der geernteten Kirschen und übten sich im Kirschkernweitspucken. Dabei hatte Luise eindeutig die bessere Übung. Doch das tat beider guter Laune keinen Abbruch.

Plötzlich sah Nina erschrocken auf ihr Handy: »Mein Gott! So spät schon! Ich verpasse noch meinen Zug!« Sie betrachtete mit gerunzelter Stirn den Eimer voller Kirschen. »Na, eine große Hilfe war ich wohl nicht. Ich glaube, ich habe heute mehr gegessen als gearbeitet. Tut mir leid.«

Ninas Mimik sollte wohl Verzweiflung darstellen. Allerdings ließ der leuchtende Ausdruck ihrer Augen keinen Zweifel darüber aufkommen, dass sie weit davon entfernt war.

»Stimmt!«, gab Luise nachdenklich zurück. »Aber genau betrachtet hängen noch ziemlich viele Kirschen am Baum. Die müssten schon noch runter. Dann könnte der heutige Tag als psychologische Betreuung durchgehen. Vielleicht kannst du das dann ja bei der Kasse abrechnen.«

So heiter Luise das Angebot zum Weiterpflücken auch über die Lippen kam, so ernst war es ihr damit. Genaugenommen war sie furchtbar stolz auf sich, dass sie es sich gewagt hatte, Nina um ein weiteres Treffen zu bitten. Auch wenn das nur indirekt geschehen war.

Nina überlegte keine Minute. »Das mit der Kasse glaube ich zwar noch nicht, aber ein paar Kirschen würde ich schon noch pflücken. Aber nur, wenn es wieder so leckere Limonade gibt«, sie zögerte kurz, ehe sie mit weicher Stimme hinzufügte, »und du mir die Leiter hältst.«

Irrte sich Luise oder hatte sich Nina wirklich über ihr Angebot gefreut?

»Das sollte kein Problem sein. Magst du ein paar Kirschen mitnehmen? So für unterwegs?« Luise hatte Mühe, ihre überbordende Freude mit einer gewissen Sachlichkeit zu kaschieren.

»Oh nein, die esse ich morgen lieber frisch vom Baum«, erwiderte Nina.

»Morgen schon?«, platzte Luise nun doch mit schlecht verhohlener Freude heraus.

»Ja, es sei denn, du hast etwas Besseres vor. Ich habe morgen meinen freien Nachmittag. Da könnte ich so gegen zwei vorbeikommen.« Nina musterte Luise mit krausgezogener Nase.

»Aber nein, also ja, also, natürlich habe ich nichts Besseres vor. Und Limonade mache ich gern. Ich würde mich wirklich freuen.« Nun strahlte Luise vollends.

Eigentlich hatte sie noch fragen wollen, ob sie Nina vielleicht abholen sollte, aber das war ihr dann doch etwas zu übereilt erschienen. Sie hatte nicht vor, Nina durch Aufdringlichkeit zu verscheuchen. Damit hatte sie selbst schon viel zu schlechte Erfahrungen gemacht.

»Also, abgemacht?« Nina hielt ihr die Hand hin.

»Abgemacht!«, schlug Luise ein.

Vergnügt beugte Nina sich vor und gab Luise einen leichten Kuss auf die Wange. »Danke für den schönen Nachmittag.«

Das geschah so unerwartet, dass diese gerade so »Gern geschehen, aber eigentlich muss ich mich bedanken« stammeln konnte. Doch da war Nina schon dabei, das Gartentor hinter sich zu schließen.

Als Nina die Straße entlang ging, sah Luise ihr nach. »Los, dreh dich um«, flüsterte sie. »Wenn du dich umdrehst, dann haben wir eine Chance.« Wie ein Mantra wiederholte sie diesen Satz.

Und richtig, ehe Nina um die Ecke bog, drehte sie sich noch einmal um und winkte.

Luises Herz machte einen freudigen Sprung.

◆

Als Nina am nächsten Tag an der Gartentür stand und freudig winkte, war Luise gerade dabei, den Tisch im Garten zu decken. Es gab eine Kaltschale aus all den Früchten, die sie mit einem Arm von den Büschen und Stämmchen hatte zupfen können, sowie Holunderblütenlimonade.

»Komm gleich nach hinten«, rief Luise, »es gibt erst mal was zu essen, bevor du auf die Bäume kletterst.«

»Oh, fein!«, freute sich Nina, »So bin ich schon lange nicht mehr verwöhnt worden. Hallo erst mal.« Wieder begrüßte sie Luise mit einer freundschaftlichen Umarmung.

»Hallo«, gab Luise zurück, »Wer gut arbeiten soll, muss auch gut essen. Das war schon immer so. Und ich koche wirklich gern, auch wenn man das hier nicht gerade als Kochen bezeichnen kann.«

Sie wies einladend auf den Tisch. Nina setzte sich und lugte neugierig in die Schüssel mit der Kaltschale. »Sowas habe ich ja seit meiner Kindheit nicht mehr gegessen. Mhhh. Darf ich gleich austeilen?«

»Bitte, gern.« Auch Luise nahm nun Platz, wobei sie Nina beobachtete, wie sie die Teller füllte. Sie trug die gleichen Arbeitssachen wie am Vortag, allerdings ohne Hut. Aus ihrem dichten, braunen Haar hatte sich eine Strähne gelöst, die ihr nun vorwitzig vor der Nase baumelte.

Wieder und wieder pustete sie sie zurück, wobei sie drollig genervt mit den Augen rollte. »Oh Mann, hast du mal einen Tucker? Meine Haare gehen mir echt auf die Nerven! Vielleicht sollte ich sie mir auch so schön kurz schneiden lassen wie du.«

»Um Gottes willen! Nein!«, rutschte es Luise hastig heraus.

Nina lachte über Luises Reaktion. »Keine Sorge. War nur ein Scherz. Ich kann dir mal zeigen, wie ich mit kurzen Haaren aussah.«

Sie setzte den zweiten gefüllten Teller ab und zückte ihr Handy. »Hier, vor drei Jahren war mir mal nach einer Veränderung. Grauenhaft! Findest du nicht?«

Neugierig begutachtete Luise das Bild. Nina – Luise ging zumindest davon aus, dass sie es war, immerhin war sie die einzige Person auf dem Foto – saß offenbar in einem Park auf einer Bank. Ihre Haare waren raspelkurz und noch dazu blond gefärbt. Sie trug eine riesige Sonnenbrille und lachte in die Kamera. Da sie auch noch weiße Hosen und ein weißes T-Shirt trug, wirkte sie wie ein Insekt aus der Unterwelt, das noch nie das Tageslicht gesehen hatte.

»Und? Habe ich recht?«, bohrte Nina nach.

»Naja, sagen wir mal, es wirkt etwas unvorteilhaft«, bemühte sich Luise, heil aus der Sache herauszukommen.

»Du lügst so schlecht«, lachte Nina und boxte Luise mit dem Ellenbogen in die Seite.

»Lass uns essen, ehe es warm wird.« Luise griff verlegen nach dem Löffel.

Ein Weile waren nur Löffelgeklapper und Ninas »Mhs« und »Ahs« zu vernehmen. Dann schöpfte sie sich mit angenehmer Selbstverständlichkeit den Teller ein zweites Mal voll. Nun jedoch fand sie Gelegenheit, neben dem Essen noch zu plaudern.

»Ich habe es ja nicht so mit dem Kochen. Und wenn, dann bekomme ich Ärger, weil ich das Fleisch anatomisch korrekt filetiere«, grinste sie. »Aber ich bin eine gute Esserin. Du kannst mich mit allem füttern. Ich bin da nicht mäkelig.«

»Da bin ich beruhigt. Dann kann ich ja die nächsten Male ein paar Rezepte ausprobieren, vor allem, wenn ich endlich den Gips ab habe«, wagte Luise einen Schuss ins Blaue. Würde Nina wirklich auch nach sechs Wochen noch wiederkommen?

Doch diese nahm die versteckte Frage gelassen. »Das ist ein Angebot. Übrigens«, sie legte den Löffel beiseite und griff in ihre Leinentasche, »ich habe dir auch etwas mitgebracht.« Sie zog zwei wunderschön geschliffene Saftgläser hervor. »Nur das Beste für deine Limonade.«

»Aber …«, holte Luise tief Luft.

»Sag jetzt bloß nicht, das wäre nicht nötig gewesen. Wer mich so gut verpflegt, hat noch viel mehr verdient. Ich bin da nämlich wirklich nicht sehr verwöhnt.«

Luise wagte keinen Widerspruch und bedankte sich artig. Dann gingen sie zum arbeitsreichen Teil des Nachmittags über.

Die nächsten Stunden vergingen wie im Flug. Rasch waren zwei Eimer mit Kirschen gefüllt. Dann ernteten sie noch schwarze und rote Johannisbeeren sowie ein paar Stachelbeeren.

Dabei plauderten sie so mühelos und vertraut miteinander, dass sie gar nicht bemerkten, wie die Zeit verflog und sich über ihnen der Himmel immer stärker bewölkte.

Erst als ein gewaltiger Donnerschlag über ihnen erscholl, fuhren sie so erschrocken zusammen, dass Nina sogar ihre Schüssel fallen ließ.

Im gleichen Augenblick begann der Regen so stark herabzuprasseln, dass Luise und Nina pitschnass waren, ehe sie das Haus erreicht hatten.

Nachdem Luise Handtücher geholt und sie sich ein wenig abgetrocknet hatten, saßen sie in der Küche inmitten von Obstbergen und sahen fasziniert zu, wie sich das Unwetter draußen immer gewaltiger austobte.

»Ein bisschen angsteinflößend, findest du nicht auch?«, fragte Nina und blickte Luise von der Seite an.

»Ein bisschen. Aber eigentlich finde ich das auch faszinierend, wenn sich die Natur so austobt.« Luise legte ihr Handtuch beiseite und trat näher an das Fenster heran. Nina folgte ihr, doch als genau vor dem Fenster ein Blitz zuckte, sprang sie erschrocken zurück.

»Mein Gott, und ich muss nachher noch zum Bahnhof«, entfuhr es ihr durchaus verzweifelt.

»Muss du nicht unbedingt«, bot Luise wie nebenher an, »meine Eltern haben oben ein Gästezimmer. Das könnte ich dir herrichten.« Sie sah Nina fragend von der Seite an, um zu sehen, wie diese wohl reagierte.

»Hm, klingt nicht schlecht. Aber was ziehe ich dann morgen an? Soll ich so«, sie deutete auf ihre kurzen Hosen und das mit Kirschsaft und Blättergrün bekleckerte T-Shirt, »soll ich etwa so in die Praxis gehen?«

»Ach, ich denke, das ist sicher kein Problem.« Luise taxierte Nina eindringlich. »Dir passt bestimmt etwas von meinen Sachen. Und hast du nicht sowas wie Arztkleidung in der Praxis?«

»Stimmt.« Nina kaute nachdenklich auf ihrer Unterlippe herum. »Und was machen wir dann heute noch?«

»Also, das ist ja wohl keine Frage.« Luise deutete lachend auf die Obstberge. »Wir kochen ein, frieren ein und könnten auch noch einen Topf Marmelade zaubern. Natürlich nur, wenn du magst.«

Gesagt, getan. Es wurde dunkel, ehe die beiden Frauen alles bewältigt hatten. Zum Schluss reihten sich Dutzende Gläser auf dem Küchentisch, war die Kühltruhe vollgestopft mit gefrorenem Obst und Nina leckte genüsslich den Marmeladentopf aus.

»Puh!«, machte sie schließlich und wischte sich eine Strähne mit dem Handrücken aus dem Gesicht. »Ich wusste gar nicht, dass das so viel Spaß macht. Ich glaube, du hast heute ein Stadtkind ein wenig zum Landleben bekehrt.

»Na, dann habe ich ja alles richtig gemacht. Hast du noch Lust auf ein Kaminfeuer, ein bisschen Wein und was zu essen, bevor wir schlafen gehen?«

»Du meinst ländliche Idylle in Vollendung?«, lächelte Nina verschmitzt.

»Wenn du es so nennen willst. Ich halte es einfach nur für den gemütlichen Ausklang eines arbeitsreichen Tages.«

◆

Kurz darauf saßen Luise und Nina auf einem bequemen Zweisitzersofa vor dem Kamin im Wohnzimmer. Ein kleines Feuer flackerte anheimelnd, und draußen prasselte noch immer der Regen in der Dunkelheit.

»Schön haben es deine Eltern hier«, bemerkte Nina und nahm einen Schluck Rosé. »Das Haus erscheint mir so neu. Es strahlt irgendwie eine moderne Gemütlichkeit aus.«

»Ja, es ist noch gar nicht so alt. Ich war drei, als sie es gebaut haben. Meine Eltern hatten damals die Nase voll von der Großstadt. Vor allem aber wollten sie, dass ich auf dem Land aufwachse, draußen im Grünen, wo man mit den Nachbarskindern spielt und auf der Dorfstraße noch angstfrei Fahrrad fahren kann«, erklärte Luise.

»Und? Hat's dir gefallen?«

»Irgendwie schon. Zumindest als Kind. Später wollte ich was erleben, Frauen treffen, Spaß haben. Das funktioniert hier draußen leider nicht so.« Es klang bedauernd, doch Luise fügte schnell hinzu: »Aber es hat mich geprägt. Ich mag all die Kräutlein und Gräslein, all die Tiere, die draußen herumsummen und -brummen.« Sie schaute versonnen in das flackernde Feuer. »Am liebsten würde ich einen Naturkindergarten aufmachen. Weißt du, so einen, wo die Kinder den ganzen Tag draußen sind, den Wald erkunden und mit dem spielen, was sie finden. Nicht mit all dem Plastikzeug aus dem Spielwarenladen.« Sie seufzte tief und trank ihr Glas mit einem Zug leer.

Nina nickte verstehend. »Du willst also wieder zurück?«

»Naja, irgendwie schon. Aber allein? Ich fürchte, dazu bin ich nicht geschaffen. Und finde mal jemanden, der mit dir aufs Dorf zieht.« Es klang resigniert. Doch es währte nur einen kurzen Moment. »Und du? Was ist mit dir? Willst du mal eine eigene Praxis?«

»Ach, überlegt habe ich mir das zwar«, wehrte Nina ab, »aber irgendwie ist mir das zu unsicher und definitiv zu teuer. Wenn du selbständig bist, dann hast du jede Menge Bürokratie und Ärger mit den Krankenkassen. Du brauchst gutes Personal, musst es bezahlen können ... Ach nein. Ich glaube, im Krankenhaus bin ich ganz gut aufgehoben. Meine Arbeit dort macht mir richtig Spaß. Kinder sind so etwas Schönes. Am liebsten hätte ich drei eigene.«

»Du auch? Das ist ja lustig. Ich sage das schon seit ich denken kann!«, freute sich Luise.

Im Handumdrehen waren sie in ein Gespräch über Kinder und deren Eigenarten vertieft. Sie redeten und lachten so herrlich unkompliziert, wie es Luise schon lange nicht mehr getan hatte.

Das Thema Kinder hatten sie bald hinter sich gelassen. Sie kamen vom Hundertsten ins Tausendste, ließen der ersten Flasche Wein eine zweite folgen und wurden immer fröhlicher.

Immer stärker bemerkte Luise, wie sehr sie von Nina fasziniert war. Ihre Art zu reden, die Geste, mit der sie ihr Haar zurückstrich, ihr glockenhelles Lachen – all das zog sie mehr und mehr in seinen Bann.

Was hätte sie darum gegeben, diese wundervolle Frau in die Arme zu nehmen, sie zärtlich zu streicheln, sanft zu küssen.

Schon wenn sich ihre Hände zufällig berührten, zuckte Luise erschrocken zusammen. Sie wünschte sich so sehr, dass Nina sie mochte, fürchtete aber gleichzeitig, dass sie vielleicht zu aufdringlich erschien. Bisher war alles richtig gut gelaufen. Beinahe zu gut. Sie wollte es nicht zerstören.

Da saß sie nun, gehemmt von ihrem Anstand oder ihrer Feigheit – Luise wusste selbst nicht so recht, was es war – und von ihrem Gipsarm.

Je länger der Abend jedoch dauerte, desto sehnsuchtsvoller hing ihr verliebter Blick an Nina.

Gerade, als sie sich ausmalte, wie es wohl wäre, dem sanften Schwung von Ninas Lippen zärtlich mit dem Finger nachzufolgen, wurde sie aus ihren Träumen gerissen.

»Hey! Träumst du?«, stupste Nina sie schmunzelnd an.

Zu ihrem eigenen Erstaunen hörte Luise sich sagen: »Ja, ein wenig.«

»Muss ja ein schöner Tagtraum gewesen sein, so verzückt wie du gelächelt hast«, kicherte Nina, die bereits ein wenig angeheitert war. »Verrätst du mir, woran du gedacht hast?«

Verlegen senkte Luise den Kopf. *Verzückt?*, dachte sie resigniert, *wohl eher ein wenig schafköpfig-blöde.* Dann atmete sie tief durch und sah Nina geradewegs in die Augen. »Kannst du dir das nicht denken?« Ihre Stimme klang wie schwarzer Samt.

Tiefes Rot schoss Nina ins Gesicht. Sie stellte ihr Glas ab und griff nach Luises rechter Hand. »Ich finde es auch ganz wunderbar mit dir. Ich weiß gar nicht, wann ich mich das letzte Mal so wohlgefühlt habe«, flüsterte sie leise.

Aus ihren Augen war jede Spur von Trunkenheit verschwunden. Sie blickten so nachdrücklich ernst, dass Luise ein kleiner Schauer über den Rücken lief.

Nun öffnete Nina Luises Hand, drehte die Handfläche nach oben und berührte sie sanft mit den Lippen. Die Zartheit dieser Berührung ließ Luise erzittern. Sie schloss die Augen, sog die Luft tief ein und genoss Ninas unerwartete Liebkosung mit jeder Faser ihres Körpers.

Sie spürte die weiche Sanftheit der doch so festen Lippen, erbebte unter der kitzelnden Berührung von Ninas feuchter Zungenspitze. Erschauernd spürte sie, wie Nina ihre Zunge über die empfindliche Stelle am Handgelenk gleiten ließ, sich den Unterarm hinauf liebkoste und schließlich zärtlich in der Armbeuge verweilte.

In Luises Ohren rauschte das Blut, ihre Schläfen pochten. Sie hatte das Bedürfnis, ihre Schenkel zusammenzupressen, der drängenden Lust, die dort stärker und stärker pulsierte, nachzugeben.

Doch Luise rührte sich nicht. Sie saß wie erstarrt, die Augen lustvoll geschlossen, ihren Gipsarm an sich gepresst.

Da hörten Ninas Berührungen plötzlich auf. Verwirrt hob Luise die Lider – und sah direkt in Ninas Augen. In ihnen spiegelte sich die Glut des verlöschenden Feuers, glänzte glitzernde Begehrlichkeit.

»Wovor hast du Angst?«, flüsterte Nina, die sich über sie beugte. Ihr Atem fiel heiß auf Luises Wange.

Vor allem, schoss es Luise durch den Kopf. *Davor, dass es zu schnell geht mit uns, davor, dass es nur eine Laune ist, nur diesen einen Abend dauern wird.*

Doch ihre Lippen blieben stumm. Stattdessen hob sie den Kopf und küsste Nina mit einer Mischung aus ängstlichem Mut und gieriger Furcht.

Als sich ihre Lippen berührten, spürte Luise, wie ein wohliger Schauer ihren Körper durchströmte. In ihrem Innersten schien sich ein Knoten zu lösen, schien all ihre Sehnen, all ihre Wünsche in einem tiefen Stöhnen freizubrechen.

Sie umfasste Nina mit ihrer Rechten und zog sie eng an sich, während sie den verletzten Arm neben sich bettete. Mit einem schier unendlichen Glücksgefühl spürte sie nun Ninas Körper an ihrem. Warm und weich schmiegte sie sich an sie, bewegte sich drängend.

Sie küssten sich so leidenschaftlich, dass ihr Stöhnen und Keuchen Ottilie von ihrem gemütlichen Ruheplätzchen am Kamin verscheuchte. Doch das bemerkte keine von ihnen. Stattdessen liebkoste Nina Luises Hals, leckte und biss. Schließlich schob sie Luises T-Shirt hoch, um mit hastiger Gier Luises Bauch küssen.

In diesem Moment verlor Luise das Gleichgewicht.

Zwar versuchte sie noch mit der Rechten nach dem Sofarücken zu greifen, doch das misslang. Ehe sie sich versahen, rutschten beide von der Couch, wobei Luise noch reflexartig ihren linken Arm in Sicherheit bringen konnte. Trotzdem entlockte ihr der leichte Aufprall ein dumpfes Stöhnen.

Verdutzt schaute Nina, die sich ebenso reflexartig an Luise geklammert hatte, diese an. Für einen Moment wussten beide nicht, wie sie reagieren sollten.

Es war Nina, die sich zuerst fasste. Ohne sich zu rühren, sah sie Luise besorgt an: »Alles in Ordnung mit dir? Hast du dir auch nichts getan?«

Luise schüttelte den Kopf. »Alles gut. Keine Kollateralschäden.«

Da begann Nina zu lachen. Sie lachte so herzhaft, dass Luise das Beben ihres Bauches auf ihrem spüren konnte.

Ninas Lachen war so ansteckend, dass Luise zunächst leise glucksen und schließlich ebenfalls losprusten musste. Lachend wälzte sich Nina von Luise herunter, prustend setzte Luise sich auf.

Als sie sich schließlich beruhigt hatten, fragte Nina noch immer kichernd: »Ist dir das schon jemals passiert?«

»Nö«, gab Luise glucksend zurück, »Dir?«

Nina schüttelte den Kopf. »Auch nicht. Das ist wirklich eine Premiere.« Sie wies auf Luises Arm. »Ist alles in Ordnung damit?«

»Hm, nichts passiert«, beruhigte sie Luise, nachdem sie ihn testend zweimal angewinkelt hatte. Dann stemmte sie sich hoch, wobei sie ein wenig das Gesicht verzog.

»Immer noch die Rippen?«, erkundigte sich Nina.

»Ja, aber es geht schon. Vorhin habe ich seltsamerweise nichts gemerkt«, grinste sie und reichte Nina die Hand zum Aufstehen.

»Das ist doch ein gutes Zeichen, oder?« Nina stand nun vor ihr. Ihr schmelzender Blick ließ sie erneut erzittern.

»Wir sollten vielleicht schlafen gehen«, sagte Luise leise. »Hörst du, es ist schon Mitternacht.« Von draußen drangen die dumpfen Schläge der Dorfkirche herein. »Du musst doch morgen sicherlich früh raus.«

»Ja«, nickte Nina, »muss ich. Doch das hier kann nicht warten.« Sie nahm Luises Kopf in beide Hände und gab ihr einen langen, sehnsüchtigen Kuss.

Später, als Nina im Gästezimmer verschwunden war, lag Luise noch lange wach. Zu stark hatte sie dieser Abend berührt, zu heftig wirbelten ihre Gedanken durcheinander.

Zum ersten Mal, seit sie Nina kannte, ließ sie den Gedanken zu, dass aus ihnen wirklich ein Paar werden könnte. Dieser Gedanke fühlte sich so unendlich gut an.

◆

Am nächsten Morgen in der Küche war die Stimmung heiter-gelöst. Während Luise und Nina gemeinsam den Frühstückstisch deckten, erfolgten wie selbstverständlich kleine Berührungen, die auf eine gewisse Vertrautheit schließen ließen.

Beim Frühstück selbst lachten und unterhielten sich die beiden Frauen ganz ungezwungen. Vor allem, als sie noch einmal den Vorfall des vergangenen Abends Revue passieren ließen, schütteten sie sich beinahe aus vor Lachen.

Schließlich war es für Nina Zeit, in die Praxis zu gehen. Sie hatte sich eine Jeans und ein Bluse von Luise geborgt. Beides erschien ein wenig groß, doch die legere gekrempelten Ärmel und die umgeschlagenen Hosenbeine verliehen Nina einen lässigen Chic.

Als sie schon in der Haustür standen, wagte es Luise, Nina einen Kuss auf die Wange zu hauchen. »Danke für den schönen Abend«, flüsterte sie mit leicht verklärtem Blick.

In Ninas Augen funkelten kleine Teufelchen, als sie entgegnete: »Na, so schön kann der ja nicht gewesen sein, wenn es jetzt nicht mal für einen richtigen Kuss reicht.«

Flammend rot in Gesicht begann Luise zu stottern: »Ich dachte doch nur ... ich wollte ...«

Nina erlöste sie, indem sie ihr eine Hand in den Nacken legte und ihr einen festen, innigen Kuss gab. Dann sah sie Luise in die Augen und sagte: »Du musst vor nichts Angst haben. Ich sage dir schon, wenn mir etwas nicht passt.«

Als wolle sie die Wahrheit dieses Satzes überprüfen, gab Luise nun ihrerseits Nina einen langen, tiefen Kuss, aus dem sie beide hochrot vor Erregung auftauchten.

»Sehen wir uns?«, flüsterte Luise heiser. Es war die Frage, die sie schon den ganzen Morgen über hatte stellen wollen, für die sie aber irgendwie keinen geeigneten Zeitpunkt gefunden hatte.

»Nicht gleich morgen, aber morgen in vier Wochen«, entgegnete Nina verlegen, während sie sich aus der Umarmung löste.

»Was? Aber warum denn? Habe ich etwas falsch gemacht?« Luise war entsetzt.

»Nicht doch, Luise. Nicht doch. Es ist alles in Ordnung zwischen uns beiden.« Nina lächelte und strich Luise sanft über die Wange. »Das Problem ist nur, dass ich ab Montag Urlaub habe.«

»Also ich sehe das eher nicht als Problem. Immerhin hast du frei, und ich bin noch eine Weile krankgeschrieben.« Luise deutete auf ihren Gips. »Oder hast du eine Reise geplant?«

»In gewisser Weise schon.« Verlegen nestelte Nina an ihrem Haar. »Ich bin Mitglied bei *Ärzte ohne Grenzen*. Das heißt, ich fahre schon seit Jahren in meinem Sommerurlaub für drei Wochen in den Kongo, um dort Kinder medizinisch zu versorgen. Kostenlos versteht sich.«

»Aber ... aber ist das nicht gefährlich?« Luise war der Schreck buchstäblich ins Gesicht geschrieben.

»Na ja. Kommt darauf an, wo man ist und wie man sich verhält. Bis jetzt ist immer alles gutgegangen. Das wird es bestimmt auch diesmal.« Als sie sah, wie sich besorgte Zweifel auf Luises Gesicht zeigten, ergänzte sie hastig: »Das ist alles halb so wild. Ehrlich. Es gibt zwar kaum Strom, also auch kein Internet, und meistens funktioniert mein Handy nicht, aber ich denke, das sind Luxusprobleme. Und außerdem«, sie schmunzelte breit, »außerdem ist das mein jährliches Diätprogramm. Anschließend kann ich wieder alles essen, ohne mir Sorgen um meine Figur zu machen.

»Als ob du das nötig hättest«, knurrte Luise. »Ich kann nicht sagen, dass mich das beruhigt.

Nina zuckte scheinbar unbekümmert mit den Schultern und lächelte. »Einer muss schließlich die Welt retten. Gibst du mir trotzdem deine Handynummer? Nur für den Fall, dass ich mal Sehnsucht nach dir habe.«

So ironisch das auch klang, hörte Luise doch, dass es Nina ernst damit war. Hastig gab sie ihr ihre Nummer. »Ruf mich an. Bald!«

»Mach ich. Jetzt muss ich aber wirklich los. Heute ist ausgerechnet Abrechnung Die Schwestern in der Praxis werden schon toben. Tschüss!« Sie gab Luise schnell noch einen flüchtigen Kuss auf den Mund, dann eilte sie zum Gartentor und verschwand winkend um die Ecke.

Luise blieb wie erstarrt zurück. Das konnte doch nicht wahr sein! Da fand sie schon diese wunderbare Frau auf solch absurde Weise, da verschwand sie auch schon wieder auf ähnlich absurde Weise.

Luise war nicht gewillt, das einfach so hinzunehmen. Sie musste etwas unternehmen. Irgendetwas. Etwas, das dazu führte, dass sie Nina noch einmal wiedersah. Aber was?

Vor ihrem inneren Auge blitzte plötzlich auf, wie begeistert Nina bei ihr gegessen hatte. Natürlich! Sie würde ihr einen Kirschkuchen backen und vorbeibringen. Das war ein ziemlich neutraler Weg, um noch einmal in der Praxis vorbeizuschauen. Die Schwestern würden sich bestimmt auch freuen.

Schnell ging Luise zurück ins Haus. In aller Eile begann sie, die Zutaten für einen Kirschkuchen zusammenzusuchen. Zum Glück mangelte es in der Küche ihrer Mutter an nichts.

Nur an einem mangelte es – an ihrer linken Hand. Fluchend über ihre Ungeschicklichkeit verwandelte Luise die Küche binnen kürzester Zeit in ein Schlachtfeld. Das Ausmaß dieses Chaos bemerkte sie jedoch erst, als der Kuchen bereits im Ofen war.

Brummelnd machte Luise sich daran, die Küche wieder in den Originalzustand zu versetzen. Das dauerte auf Grund ihres bandagierten Armes so lange, dass der Kuchen gut war, ehe sie den letzten Teigklecks vom Tisch gewischt hatte.

Doch das machte ihr alles nichts. Luise hatte nur ein Ziel: Sie musste Nina noch einmal wiedersehen. Schließlich konnte sie nicht einfach so nach Afrika verschwinden. Nicht nach diesem wunderbaren Abend.

◆

Am frühen Nachmittag machte sich Luise auf den Weg in die Praxis. Den verführerisch duftenden Kuchen hatte sie in einer Tortenschachtel in einen Korb gepackt. Dazu hatte sie noch eine große Thermoskanne Kaffee gelegt.

Obwohl es bis zur Praxis nur knapp ein Kilometer war, kam Luise die Strecke unendlich lang vor. Die Sonne brannte erbarmungslos. *So muss es im Kongo sein, nur viel schlimmer*, dachte Luise, als sie die glutheiße Straße entlangging.

Als sie die Praxis endlich erreicht hatte, zögerte Luise einen Augenblick. Machte sie sich nicht gerade völlig lächerlich? Wie sollte sie den beiden Schwestern, die sie gut kannte, bloß erklären, was sie hier tat? Aber nein! Wer könnte schon etwas gegen einen Dankeschönkuchen einzuwenden haben?

Entschlossen öffnete Luise die Tür. Im Flur empfing sie kühle Stille, die sie für einen Moment dankbar verharren ließ. Dann ging Luise mit ihrem Korb ins Wartezimmer. Es war beinahe leer. Nur in der großen Spielzeugecke tuckerte ein kleiner Junge mit einem Spielzeugauto durch die Gegend, während seine Mutter gelangweilt in einer Illustrierten blätterte.

Luise blickte sich suchend um, denn die Rezeption war nicht besetzt. Doch ehe sie Zeit hatte, sich zu überlegen, was nun zu tun sei, kam eine der Schwestern den langen Gang entlang.

»Luise!«, rief sie überrascht. »Was hat dich denn hierher verschlagen? Du wirst mir doch kein Kind unterschlagen haben!«

»Wohl kaum«, schmunzelte Luise. »Sina, ich wollte zu eurer neuen Ärztin. Du hast bestimmt schon gehört, dass sie mich gefunden hat, als ich Fallobst gespielt habe. Ich wollte mich einfach bedanken.« Demonstrativ stellte sie den Korb auf den Tresen.

Sina schnupperte interessiert. »Hmmm, riecht lecker.«

»Nase weg, der ist für die Chefin«, fuhr Luise sie mit gespieltem Ärger an, lockte aber dann sogleich milde: »Wenn du mich aber fix zu ihr lässt, gibt sie dir bestimmt ein Stück ab.«

»Wollen würde ich schon«, entgegnete Sina, »geht aber leider nicht. Sie hat gerade Besuch und will nicht gestört werden. Du musst schon noch einen Moment warten. Soll ich dir inzwischen was zu trinken bringen? Du siehst gar nicht gut aus. Bist du dir sicher, dass es eine gute Idee war, bei dieser Hitze draußen herumzustrolchen?«

»Gern, es ist wirklich arg heiß heute«, sagte Luise und setzte sich auf einen Stuhl nahe dem Sprechzimmer. Erst jetzt bemerkte sie, wie sehr ihr Kopf dröhnte und dass ihr ganz schwindelig war.

Aus dem Sprechzimmer drangen gedämpft zwei Frauenstimmen, die sich offenbar freundschaftlich miteinander unterhielten. So angespannt Luise aber auch lauschte, sie konnte nichts verstehen.

Schwester Sina kam mit einem Glas Wasser zurück, als das Telefon an der Rezeption klingelte. Sina meldete sich, nickte und sagte: »Ja, gern.« Dann verschwand sie in der kleinen Personalküche.

Derweilen war aus dem Sprechzimmer gedämpftes Gelächter zu hören. Luise nippte an ihrem Wasser. Eifersucht stieg in ihr hoch. Was machte Nina eigentlich mitten am Nachmittag allein mit einer Frau in ihrem Sprechzimmer? Und wieso hatte sie so viel Spaß mit ihr?

Kaum hatte sie diesen Gedanken zu Ende gedacht, schämte sie sich. Mit welchem Recht urteilte sie eigentlich über Nina? Sie wusste schließlich kaum etwas über sie. Sie hatten keine Beziehung, nur einen schönen Abend. Es gab also keinen Grund, auch nur ansatzweise eifersüchtig zu sein. Und die Idee mit dem Kuchen war sowieso völliger Blödsinn, ja völlig bescheuert.

Wütend auf sich selbst stand Luise auf und ging zu ihrem Korb. In diesem Moment kam Sina mit einem kleinen Tablett zurück, auf dem sich zwei Tassen Espresso und eine Zuckerdose befanden.

»Willst du schon gehen?«, fragte Sina.

»Mh«, nickte Luise. »Es ist wohl kein guter Zeitpunkt für meinen Rotkäppchenauftritt.« Sie fuhr sich verlegen durch ihr kurzes Haar. »Sag schönen Gruß und lasst euch den Kuchen schmecken. Den Korb hole ich bei Gelegenheit wieder ab.«

»Klar. Danke dir. Mir schmeckt dein Kuchen bestimmt«, lächelte Sina und balancierte ihr Tablett in Richtung Sprechzimmer.

Als sie die Tür öffnete, sah Luise eine große, schlanke, dunkelhaarige Frau in heller Baumwollhose und schwarzem Top, die ihre Arme besitzergreifend um Ninas Hüften geschlungen hatte und ihr lächelnd tief in die Augen blickte.

Nina schien völlig fasziniert von ihr zu sein, denn sie sah sie mit einem strahlenden Lächeln an.

Mehr konnte Luise nicht sehen, denn da hatte sie die Enttäuschung bereits übermannt, und sie hastete aus der Praxis.

Was hatte sie sich nur gedacht! Fiel einfach vom Baum und verliebte sich dann auch noch! Sie musste wirklich einen gewaltigen Dachschaden davongetragen haben.

Da war einmal eine Frau einfach nett zu ihr, und schwupps, schon glaubte sie, die große Liebe gefunden zu haben. Nach drei Treffen! Sie musste völlig meschugge sein. Dass sie sich so zum Narren machen konnte!

In ihrer Wut und Enttäuschung wäre sie am liebsten den Weg nach Hause gerannt. Sie wollte nur weg von der Praxis, wollte sich in die dunkle Kühle ihres Zimmers zurückziehen und niemanden hören und sehen.

Es war der stechende Schmerz ihrer angebrochenen Rippen, der sie daran erinnerte, dass sie alles andere als fit war. Das machte sie nur noch wütender.

Als sie schließlich völlig erschöpft zu Hause ankam, legte sie sich gleich hin. Sie wollte nur noch schlafen, sich ausruhen. Über Nina und ihre Beziehung zu ihr konnte sie später immer noch nachdenken.

◆

Am nächsten Morgen sah Luise, dass Nina ihr eine kurze SMS geschickt hatte. »Danke für den Kuchen. War seeeehr lecker. Bin gerade beim Sachenpacken. Morgen früh geht's zum Flughafen. Afrika – ich komme!« Ein dicker Smiley vollendete das Ganze.

Luise wusste nicht so recht, wie sie reagieren sollte. Nach längerem Grübeln beschloss sie, sich völlig neutral zu verhalten. »Wünsch' dir einen guten Flug« war alles, was sie als Antwort simste.

Schon wollte sie das Handy wieder weglegen, da kam ihr eine Idee. Vielleicht bot ja das Internet ein wenig mehr Aufklärung über Nina.

Luise zögerte kurz. War das nicht ziemlich hässlich, einen anderen Menschen einfach so nachzuspionieren? Doch ihre Neugier überwog ihre Vorbehalte.

Doch sie wurde enttäuscht. Nina schien nicht gerade erpicht darauf zu sein, ihr Leben mit der Welt zu teilen. Auf Facebook gab es ein paar Bilder von ihrem letzten Aufenthalt im Kongo. Dazu einige Bemerkungen über Land und Leute sowie ein Spendenaufruf für *Ärzte ohne Grenzen.*

Ansonsten fand Luise lediglich auf der Homepage der Klinik, in der Nina arbeitete, ein kurzes Profil über sie. Name, Promotionsthema, Fachgebiet, Eintrittsdatum in die Klinik, Telefonnummer und E-Mail-Adresse. Das war's.

Eigentlich hätte Luise enttäuscht sein müssen. Doch irgendwie war sie auch erleichtert. Sie selbst gehörte zu den Menschen, die ein Privatleben als solches schätzten und es deshalb nicht vor der Welt ausbreiten mussten. Dass Nina es ähnlich hielt, machte sie ihr nur noch sympathischer.

Seufzend legte Luise ihr Handy beiseite. Sie würde warten müssen. Vielleicht würde sich ja alles aufklären.

◆

Wenige Tage nach Ninas Abreise kamen Luises Eltern aus dem Urlaub zurück. Braungebrannt und gut erholt sahen die beiden Endfünfziger aus wie das ideale Werbepaar für die leistungsstarken und finanzkräftigen *Silveragers*.

Luises Mutter, ein kleine, drahtige Frau mit exakt geschnittener, blonder Bobfrisur, hatte sich den gesamten Urlaub über täglich gemeldet und nach Luises Befinden erkundigt. Als sie ihre Tochter nun jedoch vor sich sah, zog sie sie klagend in die Arme: »Armes Kind, du siehst ja furchtbar aus. Was hast du denn mit deinen Haaren gemacht?«

Luise lachte. »Das war ja klar. Nicht *Wie geht es dir?* oder *Was macht dein Arm?* Nein, du bist über meine Frisur entsetzt. Ach Mama, du wirst dich wohl nie ändern.«

»Na, das ist doch aber auch … Du siehst aus wie ein Junge!« Kopfschüttelnd betrachtete Monika Böttcher ihre Tochter von allen Seiten. Dabei stieß sie auf die Narbe am Hinterkopf. »Großer Gott! Was hast du denn da gemacht? Jürgen!« Sie wandte sich an ihren Mann. »Jürgen, schau mal, was für eine riesengroße Naht.«

Jürgen schüttelte nur brummend den Kopf und fuhr sich mit der Hand durch das beinahe schon weiße, kurze Haar. Dann knurrte er: »Dich kann man wirklich nicht alleinlassen. Das war schon so, als du noch ein kleines Mädchen warst.«

Auch wenn es etwas rau klang, wusste Luise doch, dass er das nicht so meinte. Sie umarmte ihn und küsste seine weißstoppelige Wange. »Och Papa. Du wolltest doch noch nie ein Püppchen haben. Dafür siehst du richtig gut aus. Wie war's denn so? War euer Quartier in Ordnung?«

Ehe ihr Mann jedoch auch nur Luft holen konnte, um zu antworten, mischte sich Luises Mutter protestierend ein. »Nichts da mit Urlaubsgeschichten. Erst will ich wissen, was hier los war. Du siehst ja aus, als wärst du unter einen Laster geraten.«

Luise wusste, dass sie gegen ihre Mutter und deren Fürsorge keine Chance hatte. Das war auch einer der Gründe gewesen, weshalb sie in die Stadt gezogen war, auch wenn sie das Landleben so sehr liebte.

»Na fein, aber ich denke, ich mache uns dazu mal einen Kaffee. Außerdem habe ich Kirschkuchen gebacken. Dann erzähle ich euch von meinem und ihr mir von eurem Urlaub.« Mit diesen Worten verschwand Luise in der Küche.

Doch darüber hatte sie ebenfalls die Hoheit verloren.

»Du gehst raus in den Garten und setzt dich. Ich mach das hier schon. *Du* musst dich ausruhen.«

Mit diesen nachdrücklichen Worten wurde Luise von ihrer Mutter aus der Küche komplimentiert.

Bevor sich Luises Mutter an den Kaffeetisch setzte, schaute sie sich prüfend im Garten um. »Luise, wie hast du das bloß mit den Kirschen und all den Beeren geschafft? Du bist doch nicht etwa selbst wieder auf den Baum geklettert?« In vorauseilender Empörung stemmte Monika Böttcher ihre Hände in die Hüften.

»Nein, Mama«, erwiderte Luise leicht entnervt, »die Beeren hat zum Teil Mathilde abgenommen. Und Nina ist auf den Baum geklettert und hat die Kirschen gepflückt. Ich habe nur die Leiter gehalten. Ehrlich.«

»Nina? Wer ist denn Nina?« Luises Mutter wurde hellhörig. Sie kam zum gedeckten Tisch, schenkte Kaffee aus und nahm einen Schluck, wobei sie Luise gespannt ansah.

Nun musste Luise haarklein erzählen, was passiert war. Als sie an die Stelle kam, an der Nina sie gefunden hatte, wurde ihre Mutter noch aufmerksamer. »Hast du dich auch ordentlich bedankt?«, fragte sie.

»Klar, Mutti. Ich bin doch gut erzogen«, schmunzelte Luise und nahm einen Schluck Kaffee. »Nina ist übrigens die Vertretung von Dr. Meisner. Ziemlich nett, muss ich sagen.«

Vielleicht hätte Luise die letzten Worte nicht so beiläufig klingen lassen sollen. Sie konnte förmlich sehen, wie ihre Mutter alle Antennen ausfuhr.

»Hast du gehört, Jürgen? Sie duzen sich, und die Frau Doktor ist *nett*.« Monika Böttcher stieß mit einem anzüglichen Lächeln ihrem Mann den Ellenbogen in die Seite.

Dieser quittierte das mit einem gebrummten: »Na und? Was soll dabei sein?«

Doch seine Frage wurde überhört. »Und? Triffst du dich mal wieder mit deiner Freundin?«

»Mutti, sie ist nicht meine *Freundin*. Außerdem ist sie in Afrika.« Amüsiert beobachtete Luise, wie ihrer Mutter der Schock in die Glieder fuhr.

»In Afrika?« Monika Böttchers Augen weiteten sich. »Ist sie etwa ...«

»Was meinst du?« Luise tat unschuldig. Sie wusste genau, worauf ihre Mutter hinaus wollte.

»Na, ich meine, kommt sie aus Afrika?« Ihre Mutter wurde rot. »Ich meine, nicht dass mich das stören würde. Du kennst mich ja. Aber ...«

Luise lachte ein wenig resigniert auf. »Ja Mama, ich kenne dich. Und ich weiß, du bist eine Heldin, weil du all meine bisherigen Freundinnen gemocht hast. Nina arbeitet für *Ärzte ohne Grenzen*. Sie kommt in reichlich zwei Wochen wieder zurück.«

Ihre Mutter atmete ein wenig erleichtert durch, entrüstete sich dann aber: »Mir ist doch völlig egal, woher deine Freundinnen kommen. Ich will doch nur nicht, dass du so weit weg ziehst. Dir ist doch immerhin alles zuzutrauen.«

»Monika, nun ist's aber mal gut. Dein Kaffee wird kalt.« Wie immer hatte Luises Vater das Talent, in besonders kniffeligen Augenblicken ruhig und sachlich einzugreifen. Luise lächelte ihm dankbar zu.

»Bleibst du eigentlich hier, solange du einen Krankenschein hast?«, versuchte Luises Mutter nun halbherzig, das Thema zu wechseln.

Luise verschluckte sich vor Schreck beinahe an ihrem Kuchen. An die Variante hatte sie ja noch gar nicht gedacht. Als sie wieder Luft bekam, versuchte sie sich möglichst elegant aus der Affäre zu ziehen.

»Seid bitte nicht böse, aber ich denke, ich muss mal wieder nach Hause. Ich habe schon zwei Wochen immer wieder dieselben Sachen an, und meine Grünpflanzen brauchen auch mal wieder ein bisschen Pflege.« Mit bittendem Blick schaute Luise von einem zum anderen.

»Aber wir wollten doch morgen Abend grillen. Außerdem hast du unsere Urlaubsfotos noch gar nicht gesehen«, gab ihre Mutter energisch zu bedenken.

Luise gab widerstrebend nach. »Na fein. Ich bleibe bis übermorgen. Versprochen.«

»Gut«, freute sich ihre Mutter. »Papa kann dich dann nach Hause fahren. Da brauchst du nicht den Zug nehmen mit all dem Gepäck und deinem Arm.«

Luises Vater hob erstaunt die Augenbrauen. »So so, mache ich das? Gut, dass ich das auch schon erfahre.«

Doch seine Frau warf ihm nur einen warnenden Blick zu.

Da Luise keine Lust auf tiefere familiäre Differenzen hatte, stand sie auf und griff nach einem Teller. »Ich räume dann mal ab.«

In diesem Augenblick meldete sich pfeifend ihr Handy. Verlegen stellte sie den Teller wieder ab und zog es aus der Hosentasche. Es war eine Nachricht von Nina. Luise wurde rot und steckte das Handy wieder weg.

»Ist nicht so wichtig. Kann ich nachher lesen.«

»Lies nur, Kind. Ich räume schon ab. Du musst dich schonen.« Geschäftig sprang ihre Mutter auf.

So blieb Luise nichts weiter übrig, als sich wieder zu setzen und die Nachricht zu lesen.

Nina hatte ihr Bilder aus dem Kongo geschickt. Eines zeigte eine große, wellblechgedeckte Baracke, an der weithin sichtbar das rote Kreuz flatterte. Auf dem sonnendurchglühten, staubigen Platz davor lagerten Dutzende Menschen aller Altersgruppen unter einigen Schirmakazien.

Offenbar warteten sie geduldig darauf, bis die Schwester in weißer Tracht, die vor dem Barackeneingang stand, sie aufrief.

Mein derzeitiger Arbeitsplatz, hatte Nina dazugeschrieben. Dann folgte: *Und das ist unser Team.*

Das Foto zeigte Nina inmitten einer Gruppe von fünf kongolesischen Ärzten und Schwestern, die alle mit blitzenden Zähnen in die Kamera lachten.

Nina, durchschwitzt, in Khakihosen und Khakihemd, sah auf diesem Foto ausgesprochen glücklich aus. Sie wirkte so frei und gelöst, wie jemand, dem das, was er tat, sehr viel Spaß machte.

Vertieft in die Betrachtung der Fotos hätte Luise beinahe die letzte Nachricht übersehen. *Waren heute noch einmal in Kinshasa Material abholen. Wollte dir nur zeigen, dass ich wirklich im Kongo bin.* An dieser Stelle zwinkerte ein verschmitzter Smiley. *Vermisse deinen Kirschkuchen.* Ein weiterer Smiley grinste breit.

Für einen Augenblick saß Luise völlig versunken da und grübelte über die Aussage dieser Nachrichten nach. Waren sie einfach freundschaftlich, oder drückten sie doch eine gewisse Sehnsucht Ninas aus?

Schließlich seufzte Luise leise auf. Sie kannte Nina einfach noch nicht gut genug, um das sagen zu können.

»Alles in Ordnung bei dir?« Die besorgte Stimme ihres Vaters holte Luise zurück in die Realität.

»Ja, sicher doch. Nina hat zwei Fotos aus dem Kongo geschickt. Guck, das ist sie.« Luise reichte ihrem Vater das Handy, der sich die Fotos mit steiler Stirnfalte anschaute.

»Hübsches Mädel«, brummte er schließlich, »Und ganz schön mutig. So allein dort im Kongo. Macht nicht jeder.« Das war das höchste Lob, was er zu geben vermochte.

Luise wusste das. Sie gab ihm einen Kuss auf die kratzige Wange. »Danke, Papa.«

◆

Zwei Tage später kehrte Luise wieder zurück in ihre Wohnung. Als sie die Wohnungstür öffnete, waren ihre Empfindungen zwiespältig.

Einerseits war sie froh, wieder zu Hause zu sein, zurück in ihrem gemütlichen, kleinen Nest. Endlich wieder im eigenen Bett schlafen, genügend Anziehsachen haben, nichts mehr ernten zu müssen – einfach fabelhaft.

Andererseits hatte sie die beiden Wochen im Haus ihrer Eltern genossen. Der wunderbare Garten, das Draußensein, all das Grün um sie herum. Auch wenn sie durch ihren Sturz gehandicapt gewesen war, hatte sie sich sehr wohlgefühlt. Beinahe ein wenig zu wohl für ihren Geschmack. Letzteres hatte definitiv an Nina gelegen.

Tja, Nina.

Seufzend stellte Luise ihren Koffer ab. Sie hatte ihrem Vater zwar angeboten, noch einen Kaffee mit ihr zu trinken, doch er hatte abgelehnt. Zu viel zu tun am letzten Urlaubstag, hatte er gemeint.

Ob sie Nina wirklich wiedersehen würde? Ungehalten zerrte Luise an ihrem Gips herum und versuchte, wenigstens mit einem Finger hineinzugelangen. Doch keine Chance. Dem fürchterlichen Jucken war so nicht beizukommen. Sie ging in die Küche, um einen Schaschlikspieß aus dem Schubfach zu holen.

Während Luise sich lustvoll kratzte, schaute sie ein wenig deprimiert auf den Kalender. Es würde mindestens noch zwei Wochen dauern, bevor sie den Gips wieder los war. Bis Nina wieder zurück war, würde es sogar noch länger dauern. Was sollte sie nur bis dahin tun?

Tatsächlich wurden diese beiden Wochen zu den längsten, an die sich Luise erinnern konnte. Nicht einmal die Zeit vor Weihnachten war ihr als Kind je so endlos erschienen.

Anfangs versuchte sich Luise noch zu beschäftigen. Sie putzte ihre Wohnung gründlich, obwohl diese eigentlich stets sauber war.

Später dann sortierte sie ihre Bücherregale, was bei der Menge an Büchern, die sie besaß, eine wirkliche Herausforderung war. Doch auch das konnte ihr die Zeit nicht wirklich verkürzen.

Schließlich machte sie es sich auf ihrem Balkon gemütlich. Sie hatte beim Aufräumen einen ganzen Stapel Bücher gefunden, den sie noch nicht gelesen hatte.

Doch Luise spürte, dass sie beim Lesen nicht bei der Sache war. Wieder und wieder ertappte sie sich, wie sie eine Seite zum x-ten Mal las, ohne wirklich zu erfassen, worum es ging. Dann ließ sie das Buch sinken und schaute über die Stadt.

Der famose Ausblick war einer der Gründe gewesen, weshalb sie diese Wohnung überhaupt gemietet hatte. Er gab ihr ein Gefühl von Freiheit.

Nun jedoch starrte Luise einfach hinaus über das Häusermeer und dachte an Nina. Wie mochte es ihr jetzt gehen? Freute sie sich darauf, bald wieder in Deutschland zu sein? Oder füllte sie ihre Arbeit so sehr aus, dass sie daran keinen Gedanken verschwendete?

Hin und wieder nahm Luise das Foto in die Hand, das Nina mit ihren Kollegen zeigte. Sie hatte es ausgedruckt, was ihr eigentlich ein wenig peinlich war. Aber wenn sie es in der Hand hielt, fühlte sie sich Nina nahe. Auch hatte sie dann das Gefühl, dass diese Frau ihr nahestand und sich eines Tages wieder melden würde.

Was immer Luise aber auch tat, die Tage vergingen in quälender Langsamkeit. Schließlich, als sie das Gefühl hatte, dass ihr nun endgültig die Decke auf den Kopf fiel, stattete sie ihrem Kindergarten einen Besuch ab.

Als sie an einem frühen Morgen im *Zwergenhaus* vorbeischaute, wurde sie von ihren kleinen Schützlingen stürmisch begrüßt. Neugierig wurde der Gips bestaunt. Zwei der Vierjährigen hatten bereits selbst einen gehabt und teilten nun bereitwillig Erfahrungen und Anteilnahme mit Luise.

Anschließend unternahm die Gruppe einen Spaziergang durch den naheliegenden Park, der wie gewöhnlich an einem tollen Abenteuerspielplatz endete.

Während sie durch den Park spazierten, fragte ihre etwas jüngere Kollegin Jessica lächelnd: »Na, hast du ein bisschen Sehnsucht nach uns?«

»Aber sicher.« Luise nickte. »Mir fällt zu Hause schon ein wenig die Decke auf den Kopf. Die Zwerglein fehlen mir definitiv.«

»Komm doch nächste Woche mit zum Sommerfest. Ich meine, auch wenn du noch krankgeschrieben bist, ein bisschen herumsitzen und mit den Knirpsen Spaß haben kannst du doch trotzdem, oder?«

Luise stimmte erfreut zu. »Mach ich. Mach ich super gern. Soll ich noch irgendetwas besorgen?«

»Im Moment fällt mir nichts ein, aber wir können nachher ja mal die Chefin fragen. Du weißt, die hat immer etwas für uns zu tun.« Jessica grinste verschwörerisch.

Luise nickte. Wenn es darum ging, Arbeit zu verteilen, war ihre Chefin wirklich einsame Spitze. Sie atmete erleichtert tief durch. Es tat so gut, wieder ein Ziel zu haben, wieder etwas tun zu können. Sie hatte plötzlich das Gefühl, zurück in der wirklichen, realen Welt zu sein.

Nachmittags schließlich malten die Kinder Bilder. Einige malten Luise mit ihrem Gipsarm, wie sie im Park mit ihnen spielte, andere malten sie, wie sie neben einem Krankenwagen am Boden lag.

Die Bilder, die die Kinder mit vor Eifer hochroten Ohren und hervorlugender Zungenspitze für Luise malten, sollte sie eigentlich mit nach Hause nehmen. Doch sie konnte die Kleinen überreden, sie im Gruppenzimmer aufzuhängen.

Während Luise die Kinder so begeistert und voller Elan malen und spielen sah, spürte sie mehr denn je, wie gern sie ihren Beruf ausübte. Es tat ihr selbst immer ein bisschen weh, wenn eines der Kinder Schmerzen oder Kummer hatte.

Aber zum Glück gab es ja Menschen wie Nina. Bei dem Gedanken an sie verspürte Luise einen Stich in ihrem Herzen. Seit sie die Fotos geschickt hatte, hatte sie sich noch nicht wieder gemeldet.

Ob es ihr gutging in diesem heißen, bürgerkriegsgeschüttelten Land? Oder hatte sie einfach nur das Interesse an ihr verloren?

◆

Die letzten Tage verbrachte Luise wieder bei ihren Eltern. Eigentlich war sie von dieser Tatsache selbst überrascht. Allerdings hatte sie festgestellt, dass sie das Alleinsein zu Hause nur schwer ertrug. All ihre Freundinnen waren derzeit im Urlaub.

Sie fühlte sich seltsam verloren in der Hitze der Stadt, mit ihrem juckenden Gips und niemandem, mit dem sie die schier endlos langen Tage verbringen, niemandem, mit dem sie reden konnte.

Dagegen kam ihr ihr Elternhaus wie ein kleines Paradies vor.

Und dann war es soweit. Luise ging mit zitternden Knien zum Arzt. Konnte der Gips ab, oder musste sie sich noch zwei weitere Wochen damit herumplagen?

Doch sie hatte Glück. Alles schien gut verheilt, auch wenn ihr Arm nun seltsam bleich und dünn aussah. Aber das erschien ihr das geringste Problem. Ein wenig Physiotherapie und Sonne würden es schon richten.

Wenigstens durfte sie wieder arbeiten. Außerdem würde Nina bald zurück sein. Dann war der Arm sowieso vergessen. Das hoffte Luise zumindest.

Doch von Nina kam kein Lebenszeichen. Sie war bereits seit zwei Wochen nicht mehr online gewesen. Natürlich konnte das daran liegen, dass sie schlicht und einfach über keinen Internetzugang verfügte, aber dass sie ihr nicht einmal eine SMS schickte, beunruhigte Luise wirklich.

Je mehr Zeit verstrich, desto nervöser wurde Luise. Tagsüber, wenn sie im Kindergarten war, hatte sie kaum Zeit, an Nina zu denken. Die Kinder forderten dann all ihre Kraft und Aufmerksamkeit.

Erst abends, wenn Luise auf ihrem Balkon saß, ein Glas Wein trank und über die Stadt schaute, kamen die Sorgen. Immer häufiger nahm sie ihren Laptop mit nach draußen und suchte nach allen Informationen, die sie einerseits über die Organisation *Ärzte ohne Grenzen* und andererseits über den Kongo finden konnte. Je mehr sie über die Situation in diesem Land las, desto unruhiger wurde sie.

Wie verrückt musste man sein, um dort freiwillig seinen Urlaub zu verbringen? Oder sollte die Frage doch besser lauten: Was für ein besonderer Mensch musste man sein, um seine Gesundheit, ja sein Leben aufs Spiel zu setzen, um den Menschen dort zu helfen?

Luise machte sich ernsthaft Sorgen.

Inzwischen war es Anfang August. Seit mehr als einer Woche sollte Nina wieder zurück sein. Seit mehr als einer Woche hatte sie sich bei Luise melden wollen.

Eigentlich hatte Luise vorgehabt, nicht zuerst anzurufen. Sie wollte sich nicht aufdrängen. Immerhin war Nina ein freier Mensch und konnte tun und lassen, was sie wollte.

Da aber die Zeit verstrich, ohne dass sie etwas von ihr hörte, schickte sie ihr schließlich doch eine kurze SMS. Nichts Besonderes, nichts Überschwängliches, nur: *Hoffe, du hast den Kongo gut überstanden. Melde dich doch mal, wenn du wieder zurück bist. LG Luise*

Nun allerdings hatte sie sich in die unangenehme Situation gebracht, warten zu müssen. Wieder verstrichen zwei Tage, ohne dass Luise eine Nachricht erhielt.

Dann endlich wagte sie, Nina anzurufen. Zu ihrem großen Entsetzen musste sie feststellen, dass deren Handy ausgeschaltet war. Nicht einmal eine Mailbox meldete sich.

In ihrer Sorge rief Luise die Kinderarztpraxis im Dorf ihrer Eltern an.

»Kinderarztpraxis Dr. Meisner. Schwester Sina am Apparat«, erklang eine vertraute Stimme am Telefon.

»Hallo Sina, hier ist Luise. Du, ich muss …«

Ehe Luise jedoch weiterreden konnte, fiel ihr Sina überschwänglich ins Wort: »Mensch Luise, schön, dass du mal anrufst. Dein Kuchen war wirklich lecker. Weißt du eigentlich, dass du deinen Korb immer noch nicht abgeholt hast? Vielleicht kommst du demnächst mal vorbei. Öhm, wir freuen uns auch über einen zweiten Kuchen«, hörte Luise Sina schmunzeln.

»Na klar, mach ich, ich habe zurzeit nur so viel um die Ohren. Vielleicht kommt meine Mutter mal vorbei, um den Korb abzuholen. Was ich aber eigentlich …«

»Geht's dir denn wieder gut? Ist der Gips ab?« Sina war hörbar in Plauderstimmung.

»Ja, ja. Alles wieder bestens. Ich bin auch wieder auf Arbeit.« Luise war leicht genervt, zumal sie aus dem Kindergarten anrief. Sie hatte nur ein paar Minuten Zeit. Außerdem hörte sie irgendwo schon wieder zwei der Knirpse heftig streiten. Hastig fuhr sie fort: »Sina, was ich dich aber eigentlich fragen wollte – ist Frau Dr. Hofmann wieder bei euch?«

»Nein. Warum sollte sie auch? Sie ist doch im Kongo. Verrückt, nicht wahr?« Ehrliche Fassungslosigkeit malte sich in Sinas Stimme. »Außerdem ist Dr. Meisner längst wieder da. Allerdings – wenn sie eines Tages den Laden hier übernehmen würde, ich hätte nichts dagegen. Sie war wirklich nett. Denkst du nicht?«

»Definitiv. Darum mache ich mir ja solche Sorgen. Eigentlich sollte sie längst aus dem Kongo zurück sein.« Luise wurde ungeduldig, denn die streitenden Stimmen der Kinder hatten sich inzwischen in wütendes Geheul verwandelt. »Also, du hast nichts von ihr gehört?«

»Nein, tut mir leid …«

»Danke dir. Ich muss mich jetzt um die Kleinen kümmern.« Abrupt legte Luise auf und rannte zu den beiden Streithähnen, die sich mittlerweile fest ineinander verknäult hatten.

Alles, was Luise nun noch blieb, war in Ninas Krankenhaus anzurufen. Doch hier verhielt man sich äußerst reserviert.

Nein, Frau Dr. Hofmann sei nicht im Hause. Nein, man könne ihr keine Auskunft geben, wenn sie keine Verwandte sei.

Nein, nein und nochmals nein! Was immer Luise fragte, stets erhielt sie ein *Nein* zur Antwort. Sie war nahe daran durchzudrehen.

Hektisch durchforstete Luise nun noch einmal das Internet nach Informationen über Nina. Doch erneut fand sie nichts, was sie nicht schon gewusst hätte.

◆

Nach Tagen der Sorge und hektischer Versuche, Nina zu finden, verfiel Luise in eine gewisse Lethargie. Vielleicht wollte Nina einfach nicht gefunden werden. Möglicherweise hatte sie nicht die geringste Lust, noch einmal mit Luise in Kontakt zu treten.

Erschöpft ging Luise in Gedanken immer wieder jede Situation durch, in der sie beide sich befunden hatten. Wieder und wieder analysierte sie jedes Wort und jede Geste, die es gegeben hatte.

Je länger sie über alles nachdachte, desto monströser wurden die Dinge in ihrer Vorstellung, desto kläglicher und unbeholfener kam ihr ihr eigenes Verhalten vor.

Eines Abend, sie saß wie üblich mit einem Glas Wein auf dem Balkon, war sich Luise sicher – Nina konnte gar nichts für sie empfinden, sie war einfach nett zu ihr gewesen. Ja, einfach nur nett und ein bisschen betrunken. Wer weiß, wie vielen Leuten sie sonst noch die Fotos geschickt hatte.

Diese Erkenntnis stand plötzlich so klar vor Luises Augen, dass sie diese Klarheit förmlich erdrückte. Enttäuscht griff sie nach dem Glas Wein und stürzte es in einem Zug hinunter. Ihr wurde schwindelig. Trotzdem griff sie sich die Flasche und schenkte sich hastig nach.

Wie hatte sie bloß so naiv sein können? Seit wann glaubte sie an Wunder und Märchen? Armes, krankes Mädchen von der starken Prinzessin gerettet! So etwas erzählte sie nur manchmal ihren Kindern im Kindergarten.

Erneut stürzte Luise den Wein hinunter als wäre es Wasser. Je betrunkener sie wurde, desto mehr versank Luise im Selbstmitleid und wurde immer weinerlicher. Das gipfelte darin, dass sie heulend Ninas Nummer aus ihrem Handy löschte, sie blockierte, wo immer es möglich war. Zu guter Letzt löschte sie ihre Fotos.

Ehe sie sich jedoch erleichtert in ihren Stuhl zurücksinken lassen konnte, wurde ihr übel.

Eilig rannte Luise ins Bad und übergab sich.

◆

Am nächsten Morgen vor dem Spiegel, verkatert und noch immer tränenverquollen, fasste Luise einen Entschluss. Sie würde endlich aufhören, auf Nina zu warten. Sie musste es einfach tun, wenn sie ihre Selbstachtung bewahren wollte. Schluss damit, einem Phantom hinterher zu trauern. Es wurde Zeit, dass sie sich wieder auf sich selbst konzentrierte.

Sie hatte die Nase voll von ihrem Singelleben. Das hatten ihr die letzten Tage und Wochen sehr klar vor Augen geführt. Vielleicht war Nina lediglich als ein kleiner Motivationsschub gedacht gewesen. Ein kleine Fee, die ihr den Weg zeigen sollte.

Luise schüttelte wütend den Kopf und ließ ihre Zahnbürste heftig kreisen. Fee, was für ein Quatsch. Sie war wirklich hoffnungslos romantisch – oder aber kindisch. Darüber wäre noch zu entscheiden. Fest aber stand, sie wollte, ja sie musste etwas tun, um endlich wieder eine Beziehung zu haben. Andernfalls würde sie verrückt.

In ihrer Frühstückspause im Kindergarten googelte sich Luise durch die Webseiten aller Tanzlokale ihrer Stadt und in der näheren Umgebung. Zugegeben, viele waren es nicht, zumindest nicht solche, bei denen sie gehofft hätte, eine Frau kennenzulernen.

Immerhin gab es eine Sommerparty im *Ladies and Friends*. Das war zumindest ein Anfang.

»Sieht ja gut aus. Sag bloß, du willst ausgehen?«

Luise zuckte erschrocken zusammen, als Jessica, die ihr über die Schulter geschaut hatte, lachend diese Frage stellte.

»Mhhh. Irgendwie schon. Schließlich ist Sommer und noch dazu Wochenende. Ich kann nicht nur zu Hause auf dem Balkon hocken«, murmelte sie verlegen und errötete wie ein ertapptes Schulmädchen.

»Muss dir doch nicht peinlich sein. Ich habe dir schon lange gesagt, dass es Zeit wird, dass du mal wieder jemanden findest. Vielleicht hast du ja Glück«, zwinkerte Jessica ihr zu. »Gehst du allein?«

»Na ja, im Prinzip schon.« Luise wurde noch verlegener, musste sie sich doch eingestehen, dass ihr lesbischer Freundinnenkreis faktisch nicht mehr existent war.

In ihrer letzten Beziehung hatte sie sich so stark auf ihre Freundin Nele konzentriert, dass die anderen sie nur noch *die Zwillinge* genannt hatten. Nach ihrer Trennung vor fast zwei Jahren hatte sich Luise wie amputiert gefühlt. Die Leere, die sie empfunden hatte, hatte sie mit Arbeit ausgefüllt. Darin war sie aufgegangen. Immerhin hatte es an notwendigen Überstunden keinen Mangel gegeben.

Ihr Privatleben jedoch war auf der Strecke geblieben.

Aus einem freundschaftlichen Impuls heraus machte Jessica, die sah, wie verlegen Luise plötzlich war, einen Vorschlag.

»Du, Jonas geht am Samstag mit seinen Kumpels zum Bowling. Wenn du magst, können wir zusammen ausgehen.« Begeistert von ihrer eigenen Idee strahlte sie Luise an.

Diese war völlig perplex. »Denkst du wirklich? Du bist dir schon darüber im Klaren, dass du dort durchaus auch angebaggert wirst?«

»Och«, Jessica lächelte verschmitzt, »das wäre doch mal eine ganz neue Erfahrung.« Sie schien von dieser Idee durchaus angetan. »Wann soll's losgehen?«

»Du meinst das also ernst?« Luise konnte es noch immer nicht fassen. Natürlich wäre sie auch allein hingegangen. Mit Jessica zusammen würde es jedoch definitiv mehr Spaß machen.

»Todernst«, grinste Jessica. »Ich muss es nur noch Jonas verklickern.«

◆

Am Samstag trafen sich die beiden Frauen gegen acht in einer kleinen Bar in der City. Im *Ladies und Friends* würde es sowieso erst später richtig losgehen. Also sprach nichts gegen einen oder zwei Proseccos zum Warmwerden.

Als Luise Jessica sah, blieb ihr für einen Moment die Luft weg. Sie sah wirklich toll aus in ihrem kurzen Sommerkleid mit dem breiten, schwarzen Gürtel. Allerdings wirkte das Ganze mit ihrem starken Make-up etwas billig. Luise selbst trug helle Leinenhosen und ein dunkelblaues Top. Nele hatte stets bemängelt, sie sähe damit aus wie ein Seemann auf Landgang. Doch Luise fühlte sich einfach wohl darin.

Zu Luises Überraschung entpuppte sich Jessica als durchaus amüsante Begleitung. Vielleicht mochte das auch am Alkohol liegen. Nach anderthalb Stunden und drei Glas Prosecco jedoch hatte Luise das Gefühl, sich schon lange nicht mehr so gut amüsiert zu haben. Die beiden Frauen lachten viel.

Hatten sie sich zunächst über Kleinigkeiten aus ihrem Kindergartenalltag amüsiert, erzählte Jessica Luise schnell Vertrauliches aus ihrer Beziehung zu Jonas.

Luise revanchierte sich mit Geschichten aus ihrer Beziehung zu Nele. Verblüfft stellten sie fest, dass die Unterschiede gar nicht soooo gravierend waren, was sie beide nur noch mehr zum Lachen brachten.

Schließlich, so gegen elf, zogen sie Arm in Arm zum *Ladies and Friends*. Die Sommernacht war lau. Schon von Ferne hörte man Musik und gedämpftes Lachen. Lampions und Lichterketten tauchten den Fluss, der träge dahin zog, in sanftgrünes Dunkel.

Auf der großen Terrasse des *Ladies und Friends* tanzte die Menge ausgelassen. Frauen mit Frauen, Männern mit Männern und gemischte Paare. Nichts schien die heitere Ausgelassenheit dieses Abends trüben zu können.

Nach einigem Suchen fanden Luise und Jessica noch einen Platz an einem Vierertisch im hinteren Teil der Terrasse. Die anderen beiden stellten sich als Miriam und Lars vor. Sie waren unverkennbar Geschwister. Ihr Aussehen, ihre Mimik und Gestik ließen da keinen Zweifel aufkommen. Auch sonst schienen sie sehr stark aufeinander fixiert.

Nach einer kurzen Begrüßung hatten die beiden offenbar jedes Interesse an Luise und Jessica verloren, und der anfängliche Smalltalk verebbte schnell.

Doch Luise störte das nicht. Sie war gutgelaunt und wollte tanzen, einfach nur tanzen. Das hatte sie schon lange nicht mehr getan.

Sie nahm Jessica bei der Hand und zog sie in Richtung Tanzfläche. »Los komm. Die Musik ist so toll!«

Kichernd und ein wenig stolpernd ließ sich Jessica das gefallen. Bald schon drehten sie sich im Klang der sommerlichen Rhythmen. Dicht um sie herum wogte die feiernde Menge. Luise fühlte sich glücklich und beschwingt. Warum hatte sie das nicht schon viel früher getan?

Sie strahlte Jessica an. »Toller Abend, findest du nicht?«

»Wunderbar! Ich habe mich schon lange nicht mehr so amüsiert.« Sie fasste Luise fester um die Hüften und wirbelte sie schwungvoll über die Tanzfläche.

Plötzlich gingen die schnellen Rhythmen in eine langsame Runde über. Als Luise sah, wie verlegen Jessica wurde, ließ sie sie rasch los. »Keine Sorge, wir müssen uns jetzt nicht näherkommen«, grinste sie breit und sah, wie Jessica erleichtert zurücklächelte.

In diesem Augenblick tippte ihr jemand von hinten auf die Schulter. »Vielleicht sollten wir beide diese Runde absolvieren.« Zwei dunkle Augen blitzten schelmisch.

Nina!, fuhr es Luise im ersten Moment durch den Kopf, und heiße Freude durchrieselte sie. Als sie jedoch genauer hinsah, war es Miriam, die junge Frau von ihrem Tisch, die unbekümmert ihre Arme auf ihre Taille legte und sie unaufdringlich aber bestimmt durch die Tanzenden führte.

Aus den Augenwinkeln konnte Luise sehen, dass ihr Bruder mit Jessica tanzte.

»Ich habe dich hier noch nie gesehen. Bist du neu in der Stadt?«, fragte sich Miriam neugierig.

»Naja, eigentlich nicht. Ich bin nur schon eine Weile nicht mehr ausgegangen«, sagte Luise verlegen.

»Drum. Ich bin nämlich fast jede Woche hier. Jemand wie du wäre mir bestimmt schon früher aufgefallen.« Mit einem flirtenden Lächeln zog Miriam Luise etwas näher an sich.

Die dunklen Augen funkelten übermütig, während Luise spürte, wie Miriams Daumen wie zufällig die nackte Haut zwischen Hosenbund und Top berührte.

Eigentlich mochte es Luise nicht, so offensichtlich angeflirtet zu werden. Doch der Alkohol in ihren Adern ließ ihre Haut bei jeder noch so kleinen Berührung wie elektrisiert prickeln.

Luise errötete. »Gehst du oft mit deinem Bruder aus?« Sie hielt sich sehr gerade, um Miriam nicht zu nahe zu kommen.

»Na ja gelegentlich. Er ist auf Montage. Wenn er mal da ist, geht er sehr gern mit seinem Schwesterchen aus.« Miriam lächelte spitzbübisch. Sie war völlig schwarz gekleidet. Nur ihr Gürtel und ihre Schuhe waren rot. *Irgendwie teuflisch,* dachte Luise und musste kichern.

»Was ist?«, fragte Miriam verwundert. »Habe ich etwas Falsches gesagt?«

»Nein, gar nicht«, schüttelte Luise den Kopf. »War nur ein Gedanke. Wieso tanzt dein Bruder mit Jessica?«, lenkte sie schnell ab.

»Lars? Ach, der fühlt sich hier wie ein Fisch im Wasser. So viele Mädels. Da blüht er richtig auf. Du hast doch nichts mit dieser Jessica, oder?« Miriam zog fragend die Augenbrauen hoch.

Luise schüttelte den Kopf. »Nein, sie ist nur eine Arbeitskollegin, die mich heute begleitet. Sie hat aber einen Freund«, beeilte sie sich zu ergänzen.

»Na, ob sie den morgen noch hat?«, grinste Miriam und wies mit dem Kopf auf Jessica und Lars, die ganz offensichtlich heftig miteinander flirteten.

»Ups. Na, ich bin ja nicht ihr Kindermädchen«, zuckte Luise mit den Schultern. Die Musik verklang, und sie ließ Miriam los. »Danke fürs Tanzen.«

Miriam griff eilig nach ihrer Hand. »Trinken wir etwas zusammen?« Ihr Blick war so intensiv, dass Luise spürte, wie ihre Knie weich wurden.

»Gern, aber nur, wenn ich dich einladen darf.«

Der Rest der Nacht verging wie im Flug. Luise und Miriam tranken und tanzten, tanzten und tranken. Miriam führte sie mit leichter Hand. Sie plauderte unterhaltsam, war witzig und voller Charme. Ihre Berührungen, fordernd, aber nicht aufdringlich, taten Luise gut.

Die laue Nacht, die kleine Brise, die kühl vom Fluss herüberwehte, all das trug dazu bei, dass sich Luise so wohlfühlte wie schon lange nicht mehr. Sie war übermütig und ging nur zu gern auf Miriams neckenden Tonfall ein.

Nur ab und zu sah Luise mehr der Form halber nach Jessica. Diese jedoch schien sie nicht zu vermissen. Offenbar war Lars genau der Richtige für diesen Abend. Es war weit nach Mitternacht, als Jessica mit ihm im Schlepptau bei Luise vorbeischaute.

»Danke für diesen Abend!«, strahlte sie Luise an. »Wir gehen jetzt.« Sie schlenkerte unkoordiniert mit dem Arm und wies auf Lars. Ihre Sprache wirkte ein wenig unsicher vom Alkohol.

»Bist du dir sicher?«, fragte Luise leise, während sich Lars von Miriam mit einem Wangenküsschen verabschiedete. »Wir können gemeinsam nach Hause gehen.«

»Quatsch. Mach dir mal keine Sorgen um mich. Ich bin schon groß.« Sie hatte besonders Probleme mit dem *sch* und dem *s*.

»Wenn du meinst. Aber pass auf dich auf.« Luise spürte, wie Miriam sie am Arm zog. »Komm, lass uns tanzen. Die Musik ist gerade so toll!«

Jessica kicherte. »Aber klar, Mutti. Ich pass auf mich auf.« Dann schlang sie den Arm um Lars' Hüften. Lachend und schwankend zogen die beiden davon.

»Macht ihr das immer so?«, fragte Luise irritiert.

»Was meinst du? Gemeinsam Frauen anbaggern?« Miriam grinste breit. »Nö, eigentlich nicht. Aber wenn es passt.« Sie zog Luise enger an sich. »Lass den beiden ihren Spaß. Wir haben doch unseren.«

Mit den letzten Worten hauchte sie Luise einen Kuss auf die Lippen.

Luise spürte, wie sie brennende Erregung überlief. Dieser gehauchte Kuss war wie ein sanftes Versprechen, ein lockender Vorbote für mehr. Als sie sah, wie Miriam sie mit funkelndem Blick anschaute, leckte sich Luise sinnlich die Lippen.

»Gut?«, fragte Miriam leise, während sie sich weiter im Rhythmus der Musik wiegte.

Luise nickte errötend. »Sehr gut. Schmeckt nach mehr.« Sie beugte sich vor, und ihre Lippen gaben zärtlich zurück, was sie gerade erst erhalten hatten.

Erschauernd spürte Luise Miriams volle weiche Lippen, die leichte Feuchtigkeit ihrer Zungenspitze, die sich sanft ihren Weg bahnte.

So tanzten sie Körper an Körper, Haut an Haut, sich innigst küssend, während die Welt um sie herum versank. Ihre Hände tasteten suchend über den Körper der anderen, verweilten hier, streichelten dort, bis beide voller Erregung stöhnten.

Keiner der anderen Tanzenden schien Notiz von den beiden Frauen zu nehmen. Jedes Paar war ganz offensichtlich mit sich selbst beschäftigt. Es hatte den Anschein, als hätten die laue Sommernacht und die blinkenden Sterne einen Zauber über die Menschen gelegt.

Als die Musik schließlich endgültig verklungen war, dämmerte bereits der Morgen.

»Darf ich dich nach Hause bringen?«, fragte Miriam, während sie den letzten Schluck Wein aus ihrem Glas nahm.

»Ganz die edle Ritterin?«, schmunzelte Luise.

»Oh, mehr selbstsüchtig als edel, würde ich denken«, lächelte Miriam zurück.

Arm in Arm machten sie sich auf den Heimweg. Das Schweigen, das plötzlich zwischen ihnen herrschte, war ein gutes, ein solches, das man hatte, wenn man wusste, dass man nichts sagen musste und sich trotzdem verstand.

Es war Luise, die die Stille brach. »Weshalb hast du mich eigentlich zu Beginn, als ich mit Jessica an euren Tisch kam, ignoriert?«

»Ich habe dich nicht ignoriert. Ich habe dich und deine Begleitung respektiert. Du bist mir schon aufgefallen, aber mir war anfangs noch nicht klar, ob ihr beide ein Paar seid. Ihr habt recht vertraut gewirkt«, sagte Miriam leise, während sie Luise prüfend von der Seite anschaute.

»Das klingt mir doch sehr stark nach edler Ritterin«, gab Luise lachend zurück.

»Nun ja, ich flirte zwar gern, aber ich mache keine Beziehungen kaputt. Das habe ich mir vor langer Zeit einmal geschworen.« Miriam wiegte nachdenklich den Kopf.

»Oh! Hört sich an, als hättest du schlechte Erfahrungen gemacht.«

»Das kannst du laut sagen, aber das ist lange her. Lass uns damit nicht den schönen Abend ... wollte sagen Morgen ... verderben.« Miriam zog Luise dicht an sich, was bei ihr das Gefühl wohliger Geborgenheit, das sie bei Miriam schon den ganzen Abend über empfunden hatte, noch verstärkte.

Schließlich waren sie vor Luises Haustür angekommen. Luise ließ es nur zu gern geschehen, dass Miriam sie umarmte. Ihr heftiger Kuss ließ Luise nach Luft ringen. Wieder tasteten beider Hände, wieder rieben sich ihre Körper verlangend aneinander.

»Magst du mit nach oben kommen?« Luise war selbst überrascht, als sie sich diesen Satz kurzatmig hervorsprudeln hörte. Nie hätte sie gedacht, dass sie eine Frau bereits bei ihrer ersten Begegnung haben wollte.

Doch Miriam schüttelte beinahe unmerklich den Kopf, während sie sie weiter zärtlich küsste, ihr liebevoll das Gesicht streichelte. »Tut mir leid, aber ich kann nicht. Ich glaube, ich bin zu betrunken. Ehrlich gesagt dreht sich bei mir schon alles, wenn ich nur die Augen schließe, um dich zu küssen.« Bedauern schwang in ihren Worten mit.

Luise spürte, wie Enttäuschung in ihr hochbrandete. Sie biss sich heftig auf die Lippen. Ernüchterung machte sich in ihr breit. Sie wehrte Miriam ab, die sie noch einmal küssen wollte.

»Bist du enttäuscht?«, fragte sie mit zärtlicher Stimme.

Tapfer schüttelte Luise den Kopf. »Nein, natürlich nicht. Wenn, dann höchstens von mir selbst.«

»Gibst du mir trotzdem deine Telefonnummer? Ich würde dich wirklich gern wiedersehen.« Miriams Blick war so offen und klar, dass Luise ihm nicht wiederstehen konnte. Sie gab Miriam ihre Nummer, dann verabschiedete sie sich beinahe ein wenig förmlich.

»Danke fürs Nachhausebringen. Es war ein wirklich schöner Abend. So einen hatte ich schon lange nicht mehr.« Das war nicht einmal gelogen.

Als Luise am Montagmorgen im Kindergarten erschien, war sie bester Laune. Obwohl sie nach Miriams Abschied nicht daran geglaubt hatte, noch einmal etwas von ihr zu hören, hatte sie tief und traumlos geschlafen. Luise hatte sich bestätigt gefühlt. Endlich hatte sie etwas unternommen, und siehe da – es gab durchaus noch Chancen für sie.

Als ihr Blick dann gleich nach dem späten Aufstehen auf ihr Handy gefallen war, hatte sie tatsächlich bereits eine SMS von Miriam. *Es war ein wunderbarer Abend. Vielleicht schenkst du mir ja auch den Tag dazu.Würde dich gern wiedersehen. Miriam.*

Merkwürdigerweise hatte sie das überrascht. Ihr war ganz flau im Magen geworden, sodass sie sich hatte hinsetzen müssen. Es hatte erst zweier Tassen Kaffees und eines ausgiebigen Frühstücks bedurft, ehe sie überhaupt darüber nachdenken konnte, ob und was sie Miriam zurückschreiben sollte.

Schließlich hatte sie sich dazu durchgerungen, sie auf einen Kaffee einzuladen. Nicht bei sich zu Hause. Das wäre ihr zu plump vorgekommen nach ihrem nächtlichen Angebot, für das sie sich noch immer ein wenig schämte.

Miriam hatte angenommen, kaum dass sie Luises SMS erhalten hatte. Auch das hatte Luise einen freudigen Schrecken eingejagt.

Nun also erschien sie gut gelaunt im Kindergarten und war auf Jessicas Befinden gespannt.

Diese war gerade im Pausenraum und machte sich einen Tee, bevor die ersten Knirpse eintrafen.

»Na, heiße Nacht gehabt?«, begrüßte Luise Jessica breit schmunzelnd.

Diese wurde flammend rot. Dann lachte sie glucksend. »Na ja. Es war schon ein toller Abend. Ich bin auch mit zu ihm gegangen. Zumindest bis zur Haustür …«

»Und dann? Hat dich dann dein schlechtes Gewissen gerettet?«, bohrte Luise nach.

»Das nun nicht gerade. Lars war schließlich zum Anbeißen. Aber …« Jessica machte eine bedeutungsschwangere Pause, sah Luise aus zusammengekniffenen Augen an.

»Was aber?«

»Ich habe ihm vor die Füße gekotzt!« Sie brach in schallendes Gelächter aus.

»Du hast was?« Luise konnte es nicht fassen.

»Ganz ehrlich. Mir war plötzlich so schlecht, dass ich mich übergeben musste. Er war dann auch ganz Gentleman und hat mich nach Hause gebracht. Sogar die Tür hat er mir aufgeschlossen. Aber merkwürdigerweise hat er mich dann nicht mehr nach meiner Nummer gefragt.« Jessica kicherte.

»Und Jonas? Was meint er denn dazu?« Entgeistert hob Luise die Brauen.

»Och, ich glaube, der ist zurzeit gar nicht gut auf dich zu sprechen. Er meint, du hättest einen schlechten Einfluss auf mich.« sie kicherte wieder und pustete in ihren Tee.

Luise atmete erleichtert aus. »Damit kann ich leben. Hauptsache, du hast keinen Blödsinn angestellt.«

»Nö, alles gut. Wie war es denn bei dir? Sah sehr vielversprechend aus. Ihr beiden wart ja ein Herz und eine Seele.« Jessica nippte am Tee.

Luise strahlte. »Wir treffen uns am Mittwoch im *Café Einstein*.«

»Das ist ja toll!«, freute sich Jessica. »Da hat mein selbstloser Einsatz vielleicht etwas gebracht.«

»Mal sehen, wir gehen nur einen Kaffee trinken. Nüchtern und bei Tag sieht die Welt oft ein bisschen anders aus«, sinnierte Luise plötzlich ein wenig melancholisch.

Jessica wollte darauf antworten, aber da klingelte es an der Tür, und die ersten Kinder freuten sich auf den Tag.

Vor dem Treffen mit Miriam war Luise merkwürdigerweise nicht sonderlich aufgeregt. Sie waren sich bereits so nahe gekommen, da sollte es wohl auch mit etwas Distanz funktionieren.

Zumindest hatte sie bei Miriam den Eindruck gewonnen, dass sie von ihr gesetzte Grenzen respektieren würde. Dies war keine Selbstverständlichkeit. Jedenfalls nicht nach Luises Erfahrungen.

Immerhin freute sie sich auf das Treffen. Die Aussicht, mit einer netten Frau zu plaudern, sich vielleicht öfter mit ihr zu treffen, hob Luises Laune spürbar. Die Abende erschienen ihr nicht mehr so lang. Sie freute sich noch mehr als sonst auf ihr Zuhause, ihren Balkon, aber auch auf ihre Arbeit.

◆

Miriam wartete bereits, als Luise am *Café Einstein* eintraf. Wieder trug sie Schwarz. Diesmal mit weißen Accessoires. Als sie Luise mit strahlenden Augen und freudigem »Hallo!« begrüßte, gab es Luise einen Stich.

Diese Augen, diese dunklen Augen erinnerten sie an Nina. Wo mochte sie wohl gerade sein? Ob sie noch an sie dachte?

Luise schüttelte den Kopf, als könnte sie ihre Gedanken wie eine lästige Fliege verscheuchen.

»Alles in Ordnung?«, fragte Miriam verwundert.

»Ja klar. Entschuldige. Ich war für einen Moment noch auf Arbeit. Kommt nicht mehr vor. Gehen wir rein?« Auffordernd hielt Luise Miriam die Tür auf.

Wenig später saßen sie vergnügt schwatzend an einem kleinen Tisch in einer Ecke. Vor ihnen türmte sich jeweils ein gigantischer Erdbeereisbecher.

Miriam, die Rechtsanwaltsgehilfin in einer kleinen Kanzlei war, schien ein natürliches Gespür dafür zu haben, welche Themen ihr Gegenüber interessierte und welche sie besser meiden sollte.

Die beiden Frauen unterhielten sich also angeregt, lachten viel, ließen dem Eisbecher noch einen Latte Macchiato folgen, diesem wiederum ein Stück Kuchen und diesem wiederum einen Sherry.

Schließlich war es Miriam, die aufgab. »Uff«, sie hielt sich den Bauch, »also ich platze gleich. Entweder müssen wir hier unseren amüsanten Nachmittag beenden, oder wir gehen einfach noch ein Stück. Das heißt, ich kann wahrscheinlich nur noch kugeln.« Sie schmunzelte breit. Wieder war dieser Schimmer in ihren Augen, der Luise einen Stich gab, weil er sie an Nina erinnerte.

Mit einem leichten Zögern stimmte sie zu, was Miriam mit einem prüfenden Blick quittierte. Sie sagte jedoch nichts.

Arm in Arm schlenderten sie hinunter zum Fluss. Sie spazierten am Flussufer entlang, und ihre Gespräche waren so sommerlich leicht wie die Brise, die vom Wasser herüberwehte.

Luise genoss es, den Wind in ihrem Haar zu spüren. Sie liebte diese heitere Unbeschwertheit, die all die dunklen Gedanken verdrängte und sie das freundliche Hier und Jetzt überdeutlich spüren ließ.

So war es auch nur wenig verwunderlich, dass sie später, als sie auf einer Bank saßen und die Enten beim Gründeln beobachteten, nichts dagegen hatte, als Miriam wie selbstverständlich nach ihrer Hand griff.

So saßen sie nebeneinander, schauten entspannt über den Fluss. Sie hielten ihre Gesichter in die Sonne und schwiegen in friedlicher Einigkeit.

Es war Miriam, die sich schließlich zu Luise herüberbeugte, ihr tief in die Augen sah und ihr einen zarten Kuss gab. Er fühlte sich leicht an, kitzelig wie die Brise in Luises Haar. Und er beinhaltete eine Frage. Luise spürte das ganz deutlich.

Sie beantwortete diese Frage, indem sie die Augen schloss und ihre Lippen leicht öffnete. Voller Genuss verspürte sie Miriams weiche Lippen, ihre kosende Berührung.

Miriam streichelte ihr zärtlich über das Gesicht, nahm es in beide Hände und knabberte ein wenig frech an Luises Unterlippe.

Die ließ sich das gern gefallen, neckte und koste mit kecker Zungenspitze zurück. Erschauernd fühlte Luise Miriams warme, feste Hände unter ihrer Bluse auf ihrer nackten Haut.

Eine Weile liebkosten sie einander, bis beider Atem kurz und heftig wurde. Erst das Auftauchen einiger Radfahrer ließ sie ein wenig verlegen auseinanderfahren.

Für den Moment saßen sie mit roten Köpfen nebeneinander und lächelten einander scheu an.

»Gehst du am Samstag wieder mit mir ins *Ladies and Friends*? Oder hast du etwas Besseres vor?«, fragte Miriam schließlich beiläufig, als sie ihr schwarzes T-Shirt richtete.

Luise zögerte diesmal nicht. »Klar komme ich mit. Ich habe nichts Besseres vor.« Es war die reine Wahrheit.

Auch ihr zweiter gemeinsamer Abend im *Ladies und Friends* fühlte sich für Luise an wie eine Wellness-Behandlung. Die heitere, sommerliche Atmosphäre und Miriams Unkompliziertheit trugen dazu bei, dass Luise sich von einer kleinen Welle des Glücks getragen fühlte. Wieder tanzten sie den ganzen Abend, tranken ein wenig zu viel und plauderten unbekümmert.

Gegen zwei Uhr morgens jedoch trübte ein Zwischenfall die Veranstaltung. Eine der jüngeren Frauen hatte wohl zu viel getrunken. Vermutlich hatte sie auch noch ein paar Pillen eingeworfen.

Jedenfalls brach sie mitten auf der Tanzfläche zusammen, übergab sich und wurde bewusstlos. Schnell bildete sich ein Kreis Schaulustiger, schnell kamen jedoch auch der Krankenwagen sowie der Notarzt.

Als Miriam die schrillen Sirenentöne hörte und das flackernde Blaulicht sah, nahm sie Luise beim Arm. »Vielleicht sollten wir gehen. Nach solch einem Zwischenfall ist die Stimmung sicher dahin.«

»Stimmt«, pflichtete Luise ihr bei, während sie aus den Augenwinkeln beobachtete, wie sich ein kleinerer und ein größerer Rettungssanitäter der Bewusstlosen näherten, »irgendwie bleibt stets ein schaler Nachgeschmack. Magst du noch mit zu mir kommen? Einfach so, auf einen Espresso, Tee, Prosecco? Ich glaube, ich habe auch noch Eis in der Kühltruhe.«

»Klingt verlockend. Heute bin ich auch nicht zu betrunken«, nahm Miriam ihr Angebot mit hintersinnigem Lächeln an.

Luise wurde rot. »Ich meinte wirklich nur das, was ich sagte.« Sie hatte einfach das Bedürfnis nach menschlicher Nähe, wollte nicht allein in ihrer Wohnung sein.

»Ich weiß«, schmunzelte Miriam. Ihr Blick sprach dabei Bände.

Als Luise kurze Zeit später in ihrer Küche die Espressotassen aus dem Schrank nahm, rutschte ihr eine aus der Hand und zerschellte scheppernd am Boden.

»Mist«, schimpfte sie, während sie mit der rechten Hand versuchte, die Scherben aufzulesen. Die linke öffnete und schloss sie derweilen mehrfach, als ob sie ihre Beweglichkeit prüfen wollte.

»Schade drum«, sagte Miriam, die sich hinkniete, um Luise beim Scherbenaufsammeln zu helfen. »Ist was mit deiner Hand?«

»Ach, eigentlich nichts weiter. Ich hatte mir nur kürzlich den Arm gebrochen. Irgendwie habe ich trotz Physiotherapie noch nicht wieder so richtig Kraft darin. Aber vielleicht bilde ich mir das auch bloß ein und war einfach nur täppisch.«

Luise warf die aufgesammelten Scherben in den Mülleimer und griff nach Kehrschaufel und Besen.

»Ich denke nicht, dass du dir das einbildest. Der Arm sieht definitiv noch dünner aus als der andere. Ist mir neulich schon aufgefallen.« Miriam stand ebenfalls auf und warf die Scherben weg. »Wie ist das passiert?«

»Ach, eigentlich war Willi schuld daran. Und ich habe mich einfach zu blöd angestellt.« Luise holte eine neue Tasse aus dem Schrank.

»Willi? Wer bitte ist Willi?«, fragte Miriam.

Luise seufzte. »Ich erzähl's dir drüben im Wohnzimmer. Kommst du mit?« Es war eher eine Aufforderung als eine Frage.

Schließlich saßen beide auf der hellen Ledercouch, die im angenehmen Kontrast zu den dunklen Regalen des Wohnzimmers stand. Luise erzählte Miriam von Willi, von ihrem Sturz vom Kirschbaum, von Nina und ihrer Suche nach ihr. Während sie erzählte, spürte sie, dass die Sehnsucht nach Nina noch genauso stark war wie zu Beginn. Gleichzeitig aber spürte sie auch, wie Wut und Enttäuschung in ihr hochstiegen. Weshalb hatte sich Nina bloß niemals wieder bei ihr gemeldet?

Davon erzählte sie Miriam allerdings nichts.

Miriam hatte sich Luises Geschichte ruhig angehört, hin und wieder eine Zwischenfrage gestellt, ihren Espresso getrunken und Luise schließlich in den Arm genommen.

»Es ist nie schön, enttäuscht zu werden. Das habe ich nur zu oft erlebt. Aber ich habe auch stets erfahren, dass nach jeder Enttäuschung etwas Neues kam, etwas oder jemand, der mir gutgetan hat und mit dem mein Leben wieder mehr Spaß gemacht hat.«

Zärtlich strich Miriam Luise über das Gesicht, streichelte ihre Arme, küsste ihre Stirn. In dieser engen Umarmung fühlte sich Luise geborgen. Sie zog die Beine auf die Couch und kuschelte sich eng an Miriam, eine Frau, die sie doch erst wenige Tage kannte.

Trotzdem schien sie ihr Ruhe zu schenken, ihrem Leben wieder eine Perspektive außerhalb ihrer Arbeit zu geben. Luise schmiegte sich noch enger an Miriam, sog tief deren leicht blumigen Duft ein.

Die Frau an ihrer Seite schien zu spüren, dass Luise nicht länger nach Reden war. Sie streichelte sie weiter, sanft und zärtlich, wie eine Mutter es mit ihrem verängstigten Kind tun würde.

Schließlich aber bog Luise ihren Kopf nach hinten, gab Miriam ungeschickt einen Kuss auf den Hals. Diese verstand die Aufforderung. Sie nahm Luises Gesicht in ihre Hände und bedeckte es mit Küssen. Zuerst unsicher, dann immer heftiger suchten sich beider Lippen.

Mit jedem Kuss, jedem Biss wurde Luise bewusst, wie lange sie schon nicht mehr mit einer Frau geschlafen hatte, wie sehr ihr die Berührung nackter Haut fehlte.

Mit plötzlichem Schwung sprang sie von der Couch, hielt Miriam ihre ausgestreckte Hand entgegen. Dabei lachte sie leise und ein wenig atemlos: »Komm mit, bevor ich es mir anders überlege.«

◆

Als Luise am nächsten Vormittag von einem kitzelnden Sonnenstrahl geweckt wurde, zauberte er ein Lächeln auf ihr Gesicht. Sie fühlte die wohlige Zufriedenheit, die bei ihr stets auf ausgiebigen Sex folgte. Wie lange hatte sie das vermisst!

Behaglich räkelte sie sich in den Kissen, bis ihr Blick auf Miriam fiel. Sie lag auf der Seite, schlief noch immer tief und fest. Ihr Mund stand leicht offen, ihr kurzes, dunkles Haar fiel ihr wirr ins Gesicht. Sie wirkte völlig entspannt.

Jetzt, wenn sie die Augen geschlossen hatte, erinnerte nichts mehr an ihr an Nina. Luise erschrak bei diesem Gedanken. Wie konnte sie nur! Noch dazu am Morgen nach ihrer ersten gemeinsamen Nacht! Was genau empfand sie eigentlich für diese Frau?

Luise lauschte tief in sich hinein. Gab es da dieses Kribbeln, dieses freudige Erschauern, wenn sie nur an sie dachte?

So sehr sie sich auch bemühte, ihr Inneres blieb stumm. Alles was sie empfand, war ein Gefühl der dankbaren Geborgenheit, war freundschaftliche Zuneigung.

Irritiert wollte Luise ihren Blick von der Schlafenden wenden, als Miriam blinzelnd die Augen öffnete. »Bist du schon lange wach?«, fragte sie ein wenig schlaftrunken.

»Nein, erst seit ein paar Minuten«, sagte Luise.

Miriam lächelte. Es schien, als würde ein Sonnenstrahl ihr Gesicht erhellen. »Schaust du dir immer alle Frauen so genau an, die in deinem Bett aufwachen?«

Luise dachte ernsthaft ein paar Sekunden nach, bevor sie zögernd zugab: »Ehrlich gesagt, waren es noch nicht so viele. Und über die, die in meinem Bett aufgewacht sind, war ich stets sehr glücklich. Da darf ich schon mal genauer hinschauen.«

Neckend beugte sie sich über Miriam und knabberte an ihrem Ohrläppchen. Sie hatte das Gefühl, als müsse sie ihre Zweifel einfach wegküssen.

Miriam drehte sich freudig brummelnd auf den Rücken und zog Luise über sich. »*Fühlst* du auch gern ein weiteres Mal genauer hin?«, flüsterte sie schmunzelnd.

»Aber gern doch«, erwiderte Luise dumpf, die bereits hingebungsvoll Miriams Halsbeuge liebkoste.

Miriam seufzte zufrieden. »Und was ist mit Frühstück?«

Luise hob den Kopf und lachte. »Später, viel später!« Dann verschwand ihr Kopf unter der Decke. Wenig später erscholl Miriams wohliges Stöhnen und Keuchen.

◆

Langsam neigte sich der Sommer seinem Ende zu. Die Nächte wurden bereits kühler. Es regnete häufig. Luise saß nun viel seltener auf ihrem Balkon und blickte über die Stadt.

Doch das lag nicht nur allein am Regen. Ihre Beziehung zu Miriam hatte sich gefestigt. Sie trafen sich häufig, gingen tanzen, ins Kino, Eis essen. Immer mal wieder schliefen sie miteinander. Luise empfand es als schön und befriedigend. Viel zu lange schon hatte sie auf Sex verzichten müssen. Er hatte ihr wirklich gefehlt.

Doch als Jessica sie eines Tages in der Teeküche des Kindergartens fragte, ob sie denn nun bei Miriam endlich einmal wieder in festen Händen sei, hatte Luise nur verlegen mit den Schultern gezuckt.

Jessica hatte entrüstet die Augenbrauen gehoben und die Hände in die Hüften gestemmt. »Aber du musst doch wissen, ob ihr eine Beziehung habt! Was sagt denn Miriam dazu?«

»Ach Jessi, so einfach ist das nicht. Miriam und ich verstehen uns gut. Wir haben wirklich Spaß zusammen und unternehmen auch viel. Ehrlich, als Freundin möchte ich sie nicht mehr missen.« Luise knabberte nervös an ihrer Unterlippe.

»Als Freundin? Das klingt ja nicht sehr romantisch«, wandte Jessica ein.

Luise zog die Nase kraus. »Ich weiß schon. Aber was soll ich machen? Irgendwie fehlt mir das Kribbeln im Magen, die berühmten Schmetterlinge, wenn ich ihre Stimme höre oder wenn ich sie sehe. Mir fehlt einfach das Herzklopfen.« Fast schon verzweifelt ließ sich Luise auf einen Stuhl sinken und rang die Hände. »Ansonsten funktioniert alles richtig gut. Sogar der Sex ist nicht schlecht. Manchmal habe ich das Gefühl, wir haben eine Freundschaft mit Extras. So blöd das auch klingt.« Traurig blickte sie zu Jessica. »Was soll ich denn machen? Ich möchte sie keinesfalls verletzen oder gar verlieren. Aber mein Leben mit ihr verbringen …?«

»Ach Luise. Wer spricht denn davon, dass du dein Leben mit ihr verbringen sollst? Genieße doch einfach die Zeit, die ihr zusammen habt. Miriam wird dir ja nun nicht gleich einen Heiratsantrag machen. Solange sie nicht mehr von eurer Beziehung erwartet, kannst du doch auch gut damit leben, oder?« Jessica kniete sich vor Luise und nahm deren Hände in die ihren.

Luise nickte und verdrückte eine Träne. »Du hast schon recht. Mal sehen, was aus uns wird. Vielleicht kommt ja die Liebe zu ihr noch«, sagte sie seufzend.

»Das wiederum glaube ich eher nicht«, entgegnete Jessica und stand auf, »Sicher, man kann sich aneinander gewöhnen. Aber lieben? Wohl kaum.«

Damit griff sie nach einer Teekanne und verließ die Küche. Nachdenklich folgte ihr Luise.

Ein paar Tage später tobten die sieben Kinder von Luises Gruppe auf dem großen Spielplatz hinter dem Haus. Sie kletterten auf der großen Holzburg herum, sausten die Rutsche hinunter oder lieferten sich mit ihren Dreirädern Rennen.

Luise war gerade dabei, sich um einen verlorengegangenen Schuh zu kümmern, dessen Besitzerin ihr klagend den bestrumpften Fuß entgegenhielt, als plötzlich ohrenbetäubendes Geheul ertönte.

Rasch schaute Luise sich um und entdeckte den kleinen Leon, der sich weinend im Gras unter der Kletterburg wälzte. Im Laufschritt eilte sie zu ihm hin, wobei sie aus den Augenwinkeln sah, dass auch Jessica hinzugerannt kam.

Leon brüllte wie am Spieß, fand jedoch zwischendurch immer mal wieder Zeit, unter Tränen »Mein Bein, mein Bein!« zu wimmern.

Reflexartig nahm Luise den Dreijährigen hoch und wiegte ihn sanft. »Leon, mein Schatz, was ist denn passiert?« Sie wiegte und streichelte ihn, bis sich sein Brüllen langsam in leises Wimmern wandelte.

»Die böse Rutsche!«, schluchzte er schließlich.

»Was hat die böse Rutsche denn mit dir gemacht?«, forschte Luise vorsichtig nach.

»Runtergeworfen«, schluchzte Leon, »runtergeworfen.« Dann vergrub er sein Gesicht an Luises Brust und schluchzte leiser werdend weiter.

Während Luise beruhigend auf ihn einredete, trug sie ihn zurück ins Haus. Sie wollte ihn auf eine der Mittagsschlafliegen legen, doch er klammerte sich fest an sie.

»Komm schon, Süßer. Wir müssen doch mal gucken, was dir wehtut.« Luise sah, dass Leons Hose einen großen Riss aufwies. Das Knie war aufgeschlagen und blutete. Gras und Erde klebten an der Wunde.

Mit Leon auf dem Arm holte Luise den Verbandskasten. Dann säuberte sie vorsichtig die Wunde, wobei Leon, der sich langsam wieder beruhigt hatte, neugierig beäugte, was da mit seinem Knie geschah.

Inzwischen war Jessica hinzugekommen. »Also, ich habe mal Zeugenbefragung gemacht«, lächelte sie. »Leon wollte nämlich ein Kunststück aufführen und einen Purzelbaum auf der Rutsche machen. Da hat sich die böse Rutsche gewehrt und hat den Leon abgeworfen. Stimmt's?«

Sie lächelte Leon verschwörerisch zu. Der senkte zunächst verlegen den Blick und begann an seiner Hose herumzupulen.

»Leon, stimmt das? Wolltest du einen Purzelbaum machen?«, hakte Luise behutsam nach.

Vorsichtig sah Leon hoch. Eine letzte Träne glitzerte noch in seinen Augen. Als er sah, dass die beiden Frauen ihn freundlich anlächelten, machte sich auf seinem Gesicht ein strahlendes Lächeln breit. »Ich bin ein Artist. Ich will zum Zirkus!«, verkündete er schließlich stolz.

»War ja klar.« Luise sah Jessica kopfschüttelnd an. Diese nickte wissend, hatten sie doch zwei Tage zuvor mit ihren Gruppen eine Zirkusvorstellung besucht. Dort hatten sich zwei Clowns tatsächlich kopfüber eine Rutsche hinunter gekugelt. »Denkst du, ich sollte mit ihm in die Notaufnahme fahren, damit sie sich das mal anschauen? Sieht ziemlich tief aus, vor allem aber schmutzig. Wenn wir auf einen Arzt warten, dauert das ewig. Ich habe sowieso gleich Schluss. Ich bringe ihn dann wieder vorbei. Sagst du den Eltern Bescheid?«

»Klar, mach ich«, stimmte Jessica nickend zu.

»Na komm, mein Großer. Wir zwei fahren jetzt mal ins Krankenhaus. Da bekommst du bestimmt einen schicken Verband. Was meinst du, ob wir dort auch ein Krankenauto mit Sirene sehen?« Luise griff sich ihre Autoschlüssel und einen Kindersitz, während sie Leon auf dem Arm hielt.

»Darf ich da mitfahren?«, wollte Leon mit neu erwachenden Lebensgeistern wissen.

»Na, mal sehen. Aber einen Verband oder ein großes Pflaster mit bunten Tieren bekommst du bestimmt. Versprochen.«

Wenig später saßen sie in der Notaufnahme des Georgenkrankenhauses. Da es nicht das erste Mal war, dass Luise hier mit einem Kind saß, überraschte sie der große Andrang an Patienten nicht.

Ihre Erfahrung besagte jedoch, dass man netterweise stets versuchte, Kinder nicht allzu lange warten zu lassen. Das einzige, was sie nervös machte, war die Tatsache, dass Nina hier arbeitete. Ob sie nach ihr fragen sollte?

Aber nein, *sie* hatte sich nicht mehr gemeldet. Außerdem hatte sie selbst jetzt Miriam. Schluss, aus.

Luise versuchte sich zu entspannen und unterhielt sich nach besten Kräften mit Leon.

Der war ein neugieriges Kerlchen und fasziniert von allem, was um ihn herum geschah. Sein Knie schien er völlig vergessen zu haben. Stattdessen redete er beinahe ununterbrochen, sodass die Zeit nur so verflog.

Schließlich wurden sie in ein Untersuchungszimmer gebeten. Luise setzte Leon auf die Liege. Gerade, als sie ihm erklären musste, warum der Mensch auf dem Bild an der Wand gar keine Haut hatte, ging die Tür auf.

»Guten Tag, ich bin ...« Weiter kam die junge Ärztin, die hereintrat, nicht. Verblüfft sah sie auf Luise und den Jungen. »Luise? Du?«, entfuhr es ihr, während sie sie entgeistert anstarrte.

Als Luise sah, wer da plötzlich vor ihr stand, spürte sie, wie ihre Knie nachgaben. Sie klammerte sich an der Liege fest und schnappte nach Luft. »Nina!«, war alles, was sie schließlich hervorbrachte.

Während beide Frauen sichtlich um Fassung rangen, zupfte Leon Luise an der Bluse. »Duhuuu, Luise, kennst du die Tante dort?«

Leons treuherzige Nachfrage brachte Luise wieder etwas zu sich. »Ja, Leon. Das ist Frau Dr. Hofmann. Die wird jetzt mal nachschauen, was mit deinem Knie passiert ist.« Sie lächelte ihn aufmunternd an und strubbelte ihm durch das kurze, blonde Haar.

Nina war inzwischen ebenfalls zu ihm herangetreten. »Ist das einer von deinen Knirpsen?«, fragte sie hörbar sachlich.

»Wenn du meinst, dass dieser wagemutige junge Artist, der im Doppelsalto die Rutsche hinuntergefallen ist, einer aus meiner Kindergartengruppe ist, dann ja. Genetisch allerdings haben wir nichts miteinander zu tun. Er heißt übrigens Leon.« Es hörte sich einen Tick zu schnippisch an, sodass sich Luise verlegen auf die Unterlippe biss.

Nina schien ungerührt. »Na, kleiner Mann, lass mich mal sehen. Komm, wir zwei ziehen zusammen deine Hose aus.«

Im Handumdrehen saß Leon mit nackten Beinen auf der Liege und sah sich gemeinsam mit Nina interessiert sein lädiertes Knie an.

Die hereingeklingelte Schwester brachte Nina eine Schale mit einer Pinzette, Tupfern sowie einem Antiseptikum. Während Nina einige kleine Steinchen aus der Wunde zog, hatte Luise Zeit, sich Nina genauer zu betrachten. Was sie sah, beunruhigte sie sehr.

Nina wirkte sehr schmal und blass, als hätte sie gerade eine schwere Krankheit überstanden. Sie musste mehrere Kilo abgenommen haben. Ihr weißer Kittel sah aus, als würde er ihrer großen Schwester gehören, so lose fiel er um ihren Körper.

»So!« Nina drückte ein großes Heftpflaster auf Leons Knie fest. »Das war's. War doch gar nicht so schlimm, oder?«

Leon schüttelte heftig den Kopf und beäugte neugierig die blauen Dinosaurier, die sich da neuerdings auf seinem Knie tummelten. Dann stellte ihn Nina auf der Liege auf die Füße, um ihm die Hosen hochzuziehen. Während sie das tat, griff Leon ihr an den Busen. »Die mag ich auch gern«, plapperte er und patschte mit seiner Hand mehrmals auf Ninas Brust.

Luise wurde flammend rot vor Scham. Mit zwei langen Schritten war sie bei ihm. »Leon! Das darfst du doch nicht! Du kannst doch nicht einfach …!« Hastig drückte sie seinen Arm nach unten.

Doch Nina legte ihre Hand auf Luises Unterarm. »Lass ihn doch. Viele mögen *Kirschen*. Das ist immerhin mein Lieblingsshirt.« Sie drehte sich zu Luise, die jetzt erst sah, dass Nina unter ihrem halbgeöffneten Kittel ein T-Shirt mit lachenden Kirschen trug.

Luises Röte schlug in Blässe um. »Hast du das auch damals getragen, als du mich gefunden hast?«, fragte sie leise.

»Ja, ich denke schon. Warum fragst du?« Ninas Stimme klang bemüht sachlich und distanziert.

»Weil ich mich daran erinnere, dass unter deinem Mund Kirschen tanzten. Ich konnte mir das bisher nicht erklären.« Luises Herz hämmerte ihr plötzlich bis in den Hals.

»Nun wäre immerhin dieses Rätsel gelöst«, gab Nina kühl zurück. Sie zog Leon die Hose hoch. »Der junge Mann hier braucht maximal noch einen Schneider, keine Ärztin.« Sie wies auf das große Loch in seiner Hose. »Immerhin sieht man jetzt die Saurier besser. Das ist richtig cool. Stimmt's Leon?« Sie stellte ihn wieder auf den Boden. Der Kleine nickte heftig und lächelte dabei schelmisch.

Luise nahm ihn bei der Hand, ohne Nina aus den Augen zu lassen. »Warum hast du dich niemals wieder gemeldet?«, brach es dumpf aus ihr heraus. »Ich habe lange auf deinen Anruf gewartet.

Nina zog die Augenbrauen hoch, sodass sich eine steile Falte auf ihrer Stirn bildete. »Habe ich ja versucht. Aber du hast mich ja überall blockiert. Du hättest mir doch nur sagen müssen, dass du, während ich weg war, eine Neue gefunden hast. Das hätte ich schon irgendwie akzeptiert, aber mich einfach nur zu blockieren?« Sie schüttelte vorwurfsvoll den Kopf. »Das ist nicht gerade die feine englische Art.«

Luise wurde leicht übel. »Woher weißt du, dass ich …?«

Ehe sie den Satz beenden konnte, antwortete Nina leise: »Ich habe euch gesehen.«

Leon wurde ungeduldig. »Luise, können wir jetzt endlich gehen?« Er versuchte, Luise von Nina wegzuziehen.

»Gleich Leon, gleich. Nur noch einen Augenblick.« Luise wandte sich wieder an Nina. »Wo hast du mich gesehen?«

»Vor ein paar Wochen. Im *Ladies and Friends*. Es war mein erster Notarzteinsatz nach meiner Rückkehr aus dem Kongo. Ein Mädchen hatte sich ein paar Pillen eingeworfen und mit reichlich *Cola Rum* nachgespült. Da habe ich gesehen, wie ihr weggegangen seid. Du und die andere. Ihr habt sehr vertraut gewirkt.« Nina zog ihre Einmalhandschuhe aus und warf sie mit Schwung in den Mülleimer.

Dann zauberte sie aus einem Glas noch einen Lolli hervor, den sie Leon lächelnd reichte. »Hier, weil du so tapfer warst.« Leon strahlte sie mit großen Augen an.

Luise indessen wusste nicht, wie sie sich verhalten sollte. Tausend Gedanken rasten ihr durchs Hirn. Sie wollte so viel erklären, hatte so viele Fragen, doch sie wusste einfach nicht wie. Schließlich brachte sie rau hervor: »Das ist alles ganz anders, als du denkst. Bitte, gib mir eine Chance, es zu erklären.«

»Musst du nicht. Es schien mir doch ziemlich eindeutig. Ich muss jetzt zurück auf Station. Und der kleine Mann hat heute sicherlich auch noch bisschen was vor.« Nina öffnete abrupt die Tür und komplimentierte die beiden hinaus.

»Nina, bitte!« Luise startete einen kläglichen letzten Versuch. Doch da war Nina schon hinter einer großen Milchglastür verschwunden.

◆

Zurück im Kindergarten wartete bereits Leons Mutter aufgeregt auf ihren Sohn. »Ist alles in Ordnung? Geht's ihm gut?«, begrüßte sie Luise völlig aufgelöst, während sie Leon in die Arme nahm. »Leon, Süßer, alles in Ordnung mit dir?« Sie scannte ihren Sohn argwöhnisch.

»Guck mal Mutti, ich kann die Saurier durch meine Hose sehen!«, präsentierte ihr Leon stolz sein Knie.

»Ups, naja. Das bekommen wir schon wieder hin.« Sie tätschelte erleichtert seinen Kopf. »Wie konnte das denn bitte passieren?«, wandte sie sich an Luise und Jessica.

Zum Glück gehörte sie zu den Eltern, die das Leben als durchaus risikobehaftet akzeptierten und kein Drama aus kleineren Unfällen machten, solange nichts Schlimmeres passierte.

Als sie zusammen mit ihrem Sohn den Kindergarten verlassen hatte, legte Jessica Luise die Hand auf den Arm. »Sag mal, ist noch was passiert? Du siehst ja furchtbar aus. Als hättest du ein Gespenst gesehen.«

Luise nickte mechanisch. »So ungefähr. Nina hat Leons Wunde behandelt.«

»Nina? Etwa die Nina, die dich unterm Kirschbaum gefunden hat?« Jessica riss verblüfft die Augen auf. »Hat sie gesagt, weshalb sie sich nicht mehr gemeldet hat?«

»Genau die und nein, sie hat nichts dazu gesagt, außer dass sie mir Vorwürfe gemacht hat, weil ich sie blockiert habe. Komisch. Dabei habe ich das erst sehr spät getan.« Luise machte eine verzweifelte Handbewegung.

»Am besten, du gehst jetzt erst mal nach Hause und sortierst deine Gedanken. Wolltest du nicht mit Miriam ins Kino?«

»Oh Gott, das habe ich ja total vergessen!« Luise wurde noch blasser. »Also dann bis morgen.«

»Bis morgen. Und halte mich auf dem Laufenden!«

Völlig in Gedanken versunken machte sich Luise auf den Heimweg. Was sollte sie nun tun? Wie sollte sie sich verhalten?

Sie musste Nina wiedersehen, daran gab es keinen Zweifel. Sie musste unbedingt wissen, was eigentlich passiert war. Wieso hatte sich Nina so lange nicht gemeldet? Weshalb sah sie so schlecht aus? War im Kongo etwas passiert?

Zu Hause sagte Luise als erstes den geplanten Kinobesuch ab. Sie tat das per SMS, da sie das Gefühl hatte, einem Gespräch mit Miriam nicht gewachsen zu sein. Sie konnte und wollte ihr nichts erklären. Noch nicht.

Miriam zeigte sich zwar bedauernd, akzeptierte jedoch ohne große Nachfrage. Wieder einmal war Luise froh, dass ihre Beziehung einen doch recht losen Charakter trug.

Dann ließ sie sich auf ihre Couch sinken und versuchte, einen Plan zu schmieden. Wie konnte sie Nina bloß dazu bewegen, sich wenigstens noch einmal mit ihr zu treffen und sich mit ihr auszusprechen?

Nina hatte so schlecht ausgesehen, dass es Luise im Nachhinein noch das Herz zusammenzog. Wenn *sie* so schlecht aussehen würde, würde ihre Mutter sie vermutlich ständig mit Leckereien versorgen.

Voller Zuneigung dachte Luise an ihre Eltern und ihre Fürsorge, auch wenn sie ihr manchmal etwas übertrieben erschien. Erst am Tag zuvor waren sie auf einen Sprung vorbeigekommen.

»Wenn du schon nicht vorbeikommst, müssen wir wenigstens mal schauen, wie es dir geht«, hatte ihre Mutter verkündet. Dann hatte sie ihr einen Eimer Sauerkirschen in die Küche gestellt. »Hier, ein paar Vitamine, damit du uns nicht vom Fleisch fällst«, war ihr lächelnder Kommentar dazu gewesen.

Noch immer stand der Eimer unangetastet in der Küche. Eigentlich hatte Luise am Nachmittag Saft machen wollen, doch Leons Unfall hatte ihren ganzen Zeitplan durcheinandergebracht. Noch länger konnte sie die großen, dunklen und wirklich saftigen Früchte keinesfalls stehenlassen. Es wäre wirklich schade darum.

Seufzend machte sich Luise auf den Weg in die Küche. Warum bloß kam alles immer zusammen? Sie nahm sich eine Handvoll Kirschen aus dem Eimer und steckte sie sich in den Mund. Dunkler Saft lief ihr den Mundwinkel hinunter, als sie mit vollen Wangen kaute.

Plötzlich hatte Luise eine Idee. Sie würde Kuchen backen, einen wunderbaren, leckeren Kirschkuchen für Nina. Zugegeben, ganz neu war die Idee nicht. Aber da sie wusste, dass Nina ihren Kuchen schätzte, würde es vielleicht auch beim zweiten Mal eine gute Idee sein.

Kuchen konnte man immer essen. Er war lecker und nahrhaft, gut für die Seele und vor allem nicht besonders aufdringlich. Er würde Nina nicht entgegenschreien: »Nina, ich liebe dich. Du fehlst mir so. Bitte, bitte ruf mich an!«, was im Übrigen die reine Wahrheit gewesen wäre.

Ihr Kuchen würde sagen: »Ich denke an dich. Ich möchte dir etwas Gutes tun, und wenn du magst, kannst du mich ja mal anrufen oder auch vorbeikommen.« Ganz unverbindlich, ganz unaufdringlich. Einfach perfekt.

Eifrig machte sich Luise ans Werk. Rot wie Blut, schwarz wie Ebenholz und weiß wie Schnee würde ihr Kuchen sein. Ein bisschen wie Nina – ihre roten Lippen, ihr dunkles Haar, ihr weißer Arztkittel. Schneewittchen eben. Luise liebte Schneewittchenkuchen, und sie liebte Nina.

Rasch mengte sie die Zutaten zusammen und schob den Boden in die Backröhre. Während schon bald appetitlicher Kuchenduft ihre Wohnung durchzog, gab sie sich mit der Buttercreme die größte Mühe, damit auch ja nichts klumpte.

Später, als der Kuchen abkühlen musste, rannte Luise wie ein Tier im Käfig hin und her. Sie war so furchtbar aufgeregt, denn ihr war erst spät eingefallen, dass sie vielleicht nachschauen musste, wann Nina im Hause war.

Hastig überprüfte sie im Internet, wann Nina Sprechstundenzeiten hatte. Zu ihrer großen Erleichterung war das gleich am nächsten Morgen ab acht Uhr.

Es schien ihr eine Ewigkeit, bis der Kuchen soweit abgekühlt war, dass sie die Buttercreme sowie den Schokoladenguss daraufgeben konnte. Als sie es schließlich geschafft hatte, war sie völlig erschöpft und müde. Also verschob sie ihr kleines Extra auf den nächsten Tag.

◆

Noch vor sechs Uhr morgens befand sich Luise bereits wieder in der Küche. Vor sich hatte sie eine Tüte Alphabetzuckerkuchenstreusel. Mit flinken Händen sortierte sie die passenden Buchstaben und Zahlen heraus und drapierte sie vorsichtig auf den Kuchen.

Am Ende betrachtete sie zufrieden ihr Werk – auf dunklem Schokoladenguss leuchteten nun bunt ihre Adresse sowie ihre Telefonnummern.

Lächelnd leckte sich Luise sich ein wenig Schokolade vom Finger. Sie war äußerst zufrieden mit sich.

Eine halbe Stunde später stand sie mit ihrem Kuchen an der Anmeldung vor Ninas Sprechzimmer. Die freundliche Schwester im mintgrünen Kasack beschied ihr auf Nachfrage, dass Frau Dr. Hofmann noch nicht da sei. Gern könne sie den Kuchen jedoch für sie abgeben. Ob sie dazu noch etwas ausrichten solle?

Luise verneinte und dankte ihr. Irgendwie hatte sie das Gefühl, ein Déjà-vu zu erleben. Als sie das letzte Mal ihren Kuchen abgegeben hatte, war die Situation ähnlich gewesen. Nina war nicht zu sprechen und auch das Wartezimmer war beinahe leer gewesen. Nur ein kleiner Junge wartete brav auf dem Schoß seiner Mutter.

Es war ein eigenartiges Gefühl. Vor ein paar Wochen hatte der Kuchen ein Abschiedsgeschenk mit der Hoffnung auf ein baldiges Wiedersehen sein sollen. Jetzt wollte sie einfach nur einen Neuanfang.

Plötzlich kam sich Luise schlichtweg albern vor. Was dachte sie sich eigentlich? Als ob ein Kuchen irgendetwas ändern würde! Sie benahm sich schlimmer als ein Teenager. Fehlten nur noch die roten Herzchen.

Abrupt drehte sich Luise um und stürmte aus dem Krankenhaus. Am liebsten wäre sie in Tränen ausgebrochen, hätte einfach nur losgeheult. Aber wie hätte sie das ihren Kleinen erklären sollen, wenn sie mit verweintem Gesicht aufgetaucht wäre?

Hastig wischte sie sich eine bereits kullernde Träne ab.

Ihre Kleinen! Luise musste lächeln. Sie waren der Lichtblick in ihrem Leben. Sie durften keinesfalls darunter leiden, dass sie ihr Liebesleben nicht auf die Reihe bekam. Eilig machte sich Luise auf den Weg in den Kindergarten.

◆

Die nächsten Tage fühlte sich Luise nervös und angespannt. Ständig schaute sie auf ihr Handy. Am liebsten hätte sie Miriam erst mal nicht mehr getroffen, aber sie wusste, dass das einfach nicht ging. Sie wollte sie nicht verlieren, aber gleichzeitig hoffte sie darauf, dass Nina zu ihr kam.

Diese Janusköpfigkeit ihres Verhaltens machte ihr ein mehr als schlechtes Gewissen. Selbst Miriam bemerkte, dass etwas mit ihr nicht stimmte.

Vier Tage nach Luises Kuchenabgabe lagen beide nach einem mit intensivem Liebesspiel verbrachten Abend erschöpft nebeneinander in Luises Bett.

Nach einer Weile regungslosen Nebeneinanderliegens fragte Miriam: »Was ist eigentlich los mit dir?« Sie hatte den Kopf auf den Arm gestützt und schaute Luise nachdenklich von der Seite an.

Luise räkelte sich ein wenig, dann verschränkte sie ihre Arme hinter dem Kopf. »Was soll los sein?« Sie versuchte, harmlos zu klingen.

»Das frage ich dich.« Miriam streichelte ihr zart das Gesicht. »Du bist irgendwie ganz abwesend.«

Luise versuchte es mit einem Lachen und einem Scherz. »Vielleicht schwebe ich ja noch im siebenten Sexhimmel.«

Miriam kuschelte sich an sie und legte ihr ihren Kopf auf die Brust. »Ich mache mir Sorgen um dich«, murmelte sie, während sie nachdenklich imaginäre Kringel auf Luises Bauch malte. »Mir kommt es so vor, als wärst du gar nicht richtig bei mir.«

»Aber ich bin doch hier!«, insistierte Luise leise. Sie spielte mit Miriams Haar und kraulte ihr ein wenig den Nacken.

»Körperlich schon, aber ich habe das Gefühl, dass deine Gedanken ganz woanders sind. Hast du Ärger auf Arbeit?« Miriam wartete einen Moment. Als sie keine Antwort erhielt, ergänzte sie zögernd: »Oder liegt es an mir?«

»An dir? Oh Gott, nein! Nicht an dir!« Luise richtete sich erschrocken auf. Miriam tat es ihr gezwungenermaßen gleich. Einen Moment lang sahen sie einander durchdringend an.

Schließlich hielt Luise Miriams Blick nicht länger stand, schlug die Augen nieder und murmelte: »Ich habe Nina gesehen. Ganz zufällig. Neulich, als Leon die Rutsche runtergefallen ist.«

»Die Nina, die dich vor ein paar Wochen unter dem Kirschbaum gefunden hat?«, fragte Miriam mit matter Stimme.

Luise nickte und haspelte: »Ja, genau die. Und ich habe ihr einen Kuchen in der Klinik vorbeigebracht. Einen Schneewittchenkuchen, weil ich gehofft habe, dass sie mich anruft. Ich wollte einfach wissen, weshalb sie sich nie wieder gemeldet hat.«

»Das kann ich verstehen. Ich möchte auch immer genau wissen, weshalb jemand nichts mehr von mir wissen will.« Miriam entgegnete das mit einem so seltsamen Gesichtsausdruck, dass Luise erschrak, als sie den Sinn der Worte begriff.

»Nein Miri, nicht doch. So ist das nicht. Ich mag dich wirklich sehr. Ich möchte dich keinesfalls verlieren.« Sie griff nach Miriams Hand.

Doch Miriam entzog sie ihr. »Stimmt. Du magst mich. Aber hast du dir jemals überlegt, ob du mich auch liebst?« Sie sah Luise mit klarem Blick an.

Luise errötete zart. »Miriam, du liegst mir wirklich sehr am Herzen. Niemals würde ich etwas tun, das dich verletzt …«

Ehe sie weiterreden konnte, unterbrach Miriam sie. »Aber doch erzählst du mir nicht, was dich bedrückt. Sag mir nur eines: Wie wichtig ist dir diese Nina?«

Luise zog die Bettdecke enger an sich. »Ich weiß es nicht genau. Ich weiß nur, dass ich wissen möchte, was eigentlich passiert ist. Nur deshalb möchte ich noch einmal mit ihr reden.«

»Und was, wenn du bemerkst, dass sie dir mehr bedeutet, als du glaubst? Gehst du dann zu ihr? Was bedeute ich dir denn dann noch? Lässt du mich dann einfach fallen?«, sagte Miriam traurig.

»Aber nein! Miri, das würde ich nie tun. Du bist mir wichtig. Du bist meine allerbeste Freundin …«

»Mit der du ab und zu auch mal schläfst? Ach Luise, ich bitte dich. Glaubst du wirklich, dass das eine Option für mich ist?« Miriam rutschte zur Bettkante und stand auf. »Ich liebe dich nämlich. Und ich würde alles für dich tun.« Es klang trotzig und beinahe ein wenig drohend.

Hastig versuchte Luise sie am Arm festzuhalten. »Miriam, bitte!« Es klang beinahe flehend. »Wo willst du denn hin? Ich dachte, du bleibst heute Nacht hier?«

»Luise, es tut mir leid. Aber ich denke, du solltest dir erst mal darüber klarwerden, was du eigentlich willst. Vielleicht sollten wir bis dahin eine Pause machen.« Miriam griff nach ihren Sachen und begann sich anzuziehen.

»Aber Nina – ich weiß doch aber gar nicht, ob sie sich überhaupt je melden wird! Du kannst doch nicht einfach wegen so einer Kleinigkeit gehen!« Panik ließ Luises Stimme schrill werden.

Miriam, die bereits auf dem Weg nach draußen war, drehte sich noch einmal um. »Wenn es nur eine Kleinigkeit ist – weshalb macht dich das Ganze dann so fertig? Vielleicht solltest du darüber mal nachdenken.« Sie trat einen Schritt auf Luise zu, gab ihr mit einem entsagenden Lächeln einen Kuss auf die Stirn und sagte: »Ruf mich an, wenn du weißt, was du willst.«

Als die Tür hinter Miriam ins Schloss fiel, flüsterte Luise leise: »Miriam!«, dann lauter »Nina!«, dann noch lauter »Miriam!«, »Nina!« und immer so fort, bis sie mit einem Heulkrampf in die Kissen fiel.

◆

Nach Miriams Weggang fiel Luise in ein tiefes Loch. Solange sie im Kindergarten arbeitete, schien zwar alles einigermaßen in

Ordnung zu sein, doch sobald sie allein zu Hause war, fühlte sie eine lähmende Müdigkeit.

Während draußen immer häufiger der Regen peitschte, saß sie stundenlang mit einer großen Schüssel Popcorn vor dem Fernseher. Sie hatte weder Elan noch Kraft, irgendetwas zu kochen, also aß sie, was sich gerade so fand.

Und immer waren ihre Gedanken bei Nina. Es war nun beinahe zwei Wochen her, dass sie ihren Kuchen abgegeben hatte. Wie auch immer Luise die Dinge drehte und wendete, stets kam sie zu dem Schluss, dass es wohl keinen Sinn mehr hatte, noch länger auf einen Anruf zu warten.

Doch Luise fand keine Kraft, sich bei Miriam zu melden, ihr zu sagen, dass sie sich für sie entschieden hatte. Denn das hatte sie nicht. Zwar vermisste sie sie manchmal so stark, dass es wehtat, doch sie wusste nicht genau, weshalb. Luise wusste nur, dass sie sie nicht wirklich liebte.

Dann, genau dreizehn Tage und zehn Stunden, nachdem Luise im Krankenhaus gewesen war – sie hatte eine ganz eigene Zeitrechnung entwickelt – klingelte es an der Tür.

Luise war gerade aus dem Kindergarten nach Hause gekommen. Sie saß in ihrer Küche und trank eine Tasse Tee. In letzter Zeit vertrug sie Kaffee so schlecht. Das passierte immer, wenn es ihr nicht so gutging.

Als die Klingel ertönte, fuhr Luise erschrocken zusammen. Sie erwartete niemanden. Seufzend stand sie auf. Vermutlich wollte ihr mal wieder jemand ein Zeitungsabo verkaufen oder ihr den wahren Glauben näherbringen.

»Ja, bitte?«, nuschelte sie unwillig in die Sprechanlage.

»Nina hier. Lässt du mich bitte rein?«, schallte es ihr etwas blechern entgegen.

»Ja sicher. Klar doch. Moment!« Vor lauter Aufregung musste Luise dreimal drücken, ehe sie hörte, dass unten der Türsummer ging.

Nina war hier! Sie kam tatsächlich zu ihr! Großer Gott! Wie sah sie bloß aus? Hastig warf Luise einen Blick in den großen Spiegel der Flurgarderobe. Sie trug helle Jeans und eine taillierte, karierte Bluse. Jessica hatte gemeint, dass sie darin wie ein Cowgirl aussähe. Ihr Haar lag ordentlich. Trotzdem zupfte sie noch ein paar Strähnen zurecht.

Luise spürte, wie ihr Puls raste. Ihr war übel, und ihre Hände wurden feucht. Je näher die hallenden Schritte auf der Treppe kamen, desto stärker kribbelte es ihr im Magen.

Endlich bog Nina um die Ecke. »Puh, dritter Stock und kein Fahrstuhl. Da brauchst du sicherlich kein Fitnessstudio«, lächelte sie freundlich.

»Ja, stimmt«, entgegnete Luise etwas rau. Ihr war beklommen zumute. Wie sollte sie sich bloß verhalten? Sie räusperte sich. »Schön, dich zu sehen«, sagte sie und reichte Nina die Hand.

Nina jedoch trug in einer Hand einen Korb, in der anderen eine Tortenschachtel. Beides reichte sie Luise. »Hier bitte. Die stapeln sich langsam bei mir.«

»Oh, na klar. Entschuldige.« Hastig nahm ihr Luise die Sachen ab. Erst da wurde ihr klar, dass der Korb eigentlich in Dr. Meisner Praxis gewesen war. »Wie bist du denn an den gekommen?«, fragte sie und schaute ihn an wie ein rätselhaftes Objekt von einem anderen Planeten.

»Ich hatte diese Woche noch ein Treffen mit Dr. Meisner. Da hat mich Sina gefragt, ob ich dich vielleicht sehen würde.« Nina spielte nervös mit ihren Fingern. »Tja, und da bin ich nun.«

»Schön. Ich freu mich. Ich hoffe, der Kuchen hat geschmeckt.« Luise stand noch immer im Türrahmen.

Nina nickte verlegen. »Ja, beide. Danke nochmals.«

Eine Sekunde lang herrschte ratloses Schweigen zwischen den beiden Frauen. Plötzlich wurde Luise bewusst, dass sie ihre Tür blockierte. Hastig trat sie einen Schritt beiseite und machte eine einladende Handbewegung. »Komm doch rein.«

Doch Nina schüttelte den Kopf. »Nein, danke. Ich wollte nur die Sachen zurückgeben.«

Bei diesen Worten spürte Luise, wie ihr das Blut aus dem Kopf schwand. In ihren Ohren brauste es. Nina war nicht gekommen, um mit ihr zu reden. Sie hatte nur höflich sein wollen! Haltsuchend griff Luise nach dem Türrahmen. Wie durch einen Nebelschleier hörte sie, dass Nina weitersprach: »Und ich wollte dich fragen, ob du mit mir essen gehst.«

In Luises Kopf schien plötzlich ein Vakuum zu existieren. Jedenfalls war es ihr nicht mehr möglich, auch nur einen vernünftigen Gedanken zu fassen. Nur eines hämmerte ihr in den Ohren: *Essen gehen! Essen gehen!*

»Jetzt?«, würgte Luise schließlich beinahe tonlos hervor.

»Ja, jetzt. Ich komme gerade aus der Klinik und habe einen Bärenhunger. Und ich denke, wir sind uns beide einige Erklärungen schuldig.« Ninas Worte klangen ernst und schienen keinen Widerspruch zu dulden. Doch ihre Augen blickten freundlich. »Oder passt es dir jetzt nicht? Du siehst ganz blass aus. Geht es dir nicht gut?«

»Doch, doch. War wohl nur der Kreislauf. Ich hole nur schnell meine Jacke und die Tasche.« Hastig machte Luise auf dem Absatz kehrt und eilte zur Garderobe. Bevor sie nach ihrer Jacke griff, stützte sie sich mit den Händen an der Wand neben dem Spiegel ab und starrte sich an. *Versau's nicht, Luise Böttcher! Das ist deine letzte Chance!*

Es war wie ein stummes Gebet.

Nur einen kurzen Spaziergang später saßen Luise und Nina an einem recht nobel eingedeckten Zweiertisch im Restaurant *Zur Alten Mühle*. Luise mochte dieses Restaurant, dessen Interieur ansprechend gediegen wirkte und dessen Speisekarte Erlesenes bot.

Auch die Preise waren durchaus erlesen, weshalb sie nur selten hierher kam. Doch an diesem Abend kümmerte sie Geld nicht. Sie wäre Nina überall hin gefolgt.

Nun also saßen sie einander gegenüber, jede einen *Aperol Spritz* vor sich. Auf dem Herweg hatten sie einigermaßen ungezwungen miteinander geredet. Nina hatte aus dem Klinikalltag erzählt, Luise aus dem Kindergarten. Das erschien unverfänglich. Keine von beiden hatte gewagt, das Thema Beziehung auch nur anzuschneiden.

Jetzt aber stand Verlegenheit zwischen ihnen. Sie lächelten einander unsicher an, tranken einen Schluck oder spielten nervös mit der Serviette. Die Kellnerin erntete einen dankbaren Blick, als sie frisches Brot und etwas Kräuterquark brachte.

Während Nina intensiv damit beschäftigt war, sich eine kleine Scheibe Brot sehr exakt mit dem Quark zu bestreichen, fasste Luise sich schließlich ein Herz. »Nina, wie geht es dir? Du siehst schmal aus, als wärst du lange krank gewesen. Das ist mir gleich aufgefallen. Hat das mit dem Kongo zu tun?«

Die Worte waren hastig aus ihr herausgesprudelt. Gerade so hatte sie sich zurückhalten können, nach Ninas Hand zu greifen.

Nina hielt die Lider gesenkt, biss in ihr Brot, kaute bedächtig, während Luise sie fragend ansah. Nach einer schier endlosen Zeit des Kauens und Schluckens sagte Nina schließlich: »Ich hatte die Ruhr, und sie hat mich fast umgebracht.«

Beim letzten Wort hob sie die Lider und schaute Luise eindringlich an, als wollte sie deren Reaktion überprüfen.

»Im Kongo?«, entfuhr es Luise entsetzt, während Röte ihr Gesicht flutete.

»Ja, im Kongo. Bisher war mir dort nie etwas passiert, doch diesmal hatte es mich erwischt. Einfach so.« Nina sprach sachlich, als würde sie über einen Schnupfen reden. Sie biss erneut ein Stück Brot ab, kaute bedächtig, sah Luise aufmerksam an.

Luise spürte den Vorwurf, der in Ninas sachlichen Aussagen mitschwang. »Hast du dich deshalb nicht gemeldet?«, flüsterte sie mit erstickter Stimme. Kaum dass sie wagte, Nina anzusehen.

»Ja. Ich konnte nicht. Fieber, Erbrechen, wässriger, blutiger Durchfall, Bauchkrämpfe. Muss ich dir mehr erzählen?« Seufzend schob Nina ihren Teller beiseite und trank einen Schluck Aperol. »Und das zwei Tage vor unserer offiziellen Heimreise.«

Luise schüttelte den Kopf. »Und wie hast du das überstanden? Die Zustände dort müssen doch ziemlich heftig sein.«

Nina nickte. »Sind sie auch. Am schlimmsten aber war, dass sie zunächst geglaubt hatten, dass es Ebola wäre. Es herrscht dort diesbezüglich eine regelrechte Hysterie. Was ich verstehe, aber da gibt es schon symptomatische Unterschiede.« Nina klang sachlich wie bei einer medizinischen Vorlesung. »Sie haben uns – zwei kongolesische Kollegen waren auch betroffen – isoliert und wollten mich nicht außer Landes lassen. Als die Tests schließlich zeigten, dass es *nur* eine mildere Form der Bakterienruhr war, hätte ich theoretisch ausfliegen dürfen. Aber finde mal ein Flugzeug, das dich mitnimmt, wenn du nur am Kotzen und Sch…« Nina war plötzlich selbst erschrocken über ihre Ausdrucksweise.

Sie lächelte etwas gezwungen. »Entschuldige. Aber mir ging es so hundeelend wie noch nie in meinem Leben. Schon allein nach Kinshasa zu kommen, war ein Abenteuer. Dort hat sich die deutsche Botschaft darum bemüht, mich auszufliegen. Ich habe mir dann so viel Ampicillin und Loperamid verabreicht, dass es normalerweise für eine Fußballmannschaft gereicht hätte. Irgendwie habe ich letztendlich den Flug in einer Transportmaschine der Bundeswehr überstanden – festgeschnallt an meiner Liege. Es war die wahre Freude.« Ninas Sarkasmus war unüberhörbar. »Na ja. Ist ja nun vorbei. Immerhin kann ich jetzt nach Lust und Laune futtern, bis die verlorenen Kilos wieder drauf sind. Auch nicht schlecht.«

Wie aufs Stichwort brachte die Kellnerin Amerikanisches Flank-Steak mit Cranberrysauce, Maiscrêpe und Pfifferlingen für Nina sowie Landnudeln in Rahmpfifferlingen und Basilikumpesto mit gehobeltem Pecorino für Luise.

»Nina, es tut mir sehr leid, was dir passiert ist«, sagte Luise, als sie nach ihrem Besteck griff.

»Muss es nicht. Das ist Berufsrisiko. Damit muss man einfach rechnen.« Sie schob sich ein Stück Steak in den Mund und kaute mit geschlossenen Augen. »Wow, das ist perfekt«, murmelte sie schließlich.

»Nein, das meine ich nicht. Ich meine, es tut mir leid, dass dir das passiert ist und ich dachte, dass du nichts mehr von mir wissen wolltest. Ich habe völlig überzogen reagiert.«

Luise erzählte Nina von ihrem Warten auf den Anruf, davon, wie sie versucht hatte, sie zu erreichen, wie sie immer mehr den Mut verloren hatte und wie verzweifelt sie schließlich gewesen war.

Auch von ihrer Beziehung zu Miriam erzählte sie. Sie war so im Redefluss, dass sie darüber ganz das Essen vergaß. Auch Nina hatte irgendwann aufgehört, ihr Steak zu genießen. Sie hatte das Besteck beiseitegelegt, ihr Kinn auf die rechte Hand gestützt und aufmerksam zugehört.

Schließlich schloss Luise ihre Erzählung mit den Worten: »Als ich dich im Krankenhaus dann gesehen habe, dachte ich, ich habe eine Erscheinung. Irgendwie erschien es mir wie Schicksal – so albern das auch klingen mag. Es ist alles wieder in mir hochgekommen. Ich konnte mich an jedes Wort unserer Gespräche erinnern, an jede Geste. Sogar an deinen Duft.« Luise lächelte Nina scheu an und senkte verlegen die Lider.

Nina räusperte sich ein wenig hilflos, dann brachte sie dunkel hervor: »Als ich endlich wieder in Deutschland und schließlich hier im Krankenhaus war, hat mich eigentlich nur eins aufrecht gehalten – dass ich dich anrufen und du mich besuchen würdest. Allerdings war bei meinem Transport von Kinshasa hierher mein Gepäck verlorengegangen. Es hat eine Weile gedauert, bis ich es wiederhatte. Dann war auch noch der Akku hin.« Sie lächelte schmerzlich. »Als ich endlich wieder telefonieren konnte, sah ich, dass du mich blockiert hattest. Ich war völlig überrascht, hatte überhaupt keine Ahnung, was ich getan hatte. Ich fühlte mich … so verletzt …« Sie holte tief Luft, dann griff sie nach Luises Hand. »Dann habe ich dich auch noch mit Miriam bei meinem ersten Notarzteinsatz gesehen. Es hat mir einen solchen Stich versetzt! Wenn du nicht mal ein paar Wochen auf mich warten konntest, dann warst du es wohl auch nicht wert.« Sie klang bitter. Doch dann sah sie Luise in die Augen und lächelte. »Als du jedoch mit dem Knirps im Krankenhaus warst, war das alles wie weggeblasen. Du warst so lieb zu dem Kleinen, ich dachte, so jemand kann nicht so leichtfertig sein.«

»Bist du deshalb heute hier?«, fragte Luise schüchtern.

»Auch. Und weil ich von Natur aus neugierig bin. Ich wollte wissen, was schiefgelaufen war. Als Sina mir dann auch noch deinen Korb in die Hand gedrückt hatte, hatte ich beinahe keine Wahl mehr.« Nina ließ Luises Hand los und trank einen großen Schluck.

In diesem Augenblick kam die Kellnerin und blickte bestürzt auf das erkaltete Essen der beiden. »Stimmt etwas nicht mit dem Essen?«, fragte sie sich sichtlich beunruhigt.

»Nein, nein, alles in Ordnung. Es schmeckt ganz hervorragend. Wir hatten jedoch zuerst etwas zu klären. Ich hoffe, Sie verzeihen uns die Missachtung dieser kulinarischen Köstlichkeiten. Vielleicht könnten Sie sie ja noch einmal aufwärmen lassen? Obwohl ich natürlich weiß, dass das ein ziemliches Sakrileg ist. Aber es ist wirklich zu lecker, um kalt gegessen zu werden.»

Nina schenkte der Kellnerin ein so charmantes Lächeln, dass diese nur strahlend zurücklächelte: »Selbstverständlich, kein

Problem. Ich sage in der Küche Bescheid.« Schon war sie mit den beiden Tellern verschwunden.

Kurz darauf hatten Luise und Nina ihr Essen wieder vor sich. Sie aßen mit einem Appetit, der darauf schließen ließ, dass beiden eine große Last von den Schultern gefallen war.

Ihre Unterhaltung wurde nun leichter und heiterer. Nina erzählte, wie viel Spaß ihr die Arbeit im Kongo machte, welches Leid sie jedes Mal sah, aber auch, wie viel Lebensfreude und Dankbarkeit sie dort bei den Menschen erlebte.

Je länger der Abend dauerte, desto stärker röteten sich Ninas blasse, schmale Wangen vom Eifer des Erzählens und vom Wein. Ihre Augen funkelten freudig.

Luise sah diese Wandlung mit steigender Faszination. Ihr war, als wären sie nie getrennt gewesen. Bei jedem Lächeln, jeder noch so kleine Berührung Ninas spürte sie pures Glück durch ihre Adern rieseln.

Es war bereits später Abend, als die beiden Frauen um die Rechnung baten.

Vor dem Restaurant schlug ihnen feuchte Kälte entgegen. Automatisch klappte Luise ihren Jackenkragen hoch, steckte die Hände in die Taschen.

Nina bibberte hörbar und schlang die Arme um sich. »Brrr. Ein bisschen Kongosonne wäre nicht schlecht oder aber ein paar Kilo mehr auf den Rippen.« Sie warf Luise einen prüfenden Blick von der Seite zu. »Darf ich mich bei dir einhaken? Vielleicht wird mir dann wärmer.«

Luise nickte überrascht. »Aber natürlich, gern doch.«

Schweigend liefen sie die Straße entlang, bis Luise vorsichtig fragte: »Wohin gehen wir jetzt eigentlich?«

Nina zuckte mit den Schultern. »Keine Ahnung. Ich denke, deine Wohnung liegt näher als meine. Lass mich dich einfach nach Hause bringen.« Es klang so selbstverständlich, als wäre es das Normalste der Welt.

»Gern.« Luise spürte ihr Herz laut klopfen. Das Gefühl, Nina an ihrer Seite zu haben, war alles, was sie sich für den Augenblick gewünscht hatte. Sie spürte den leichten Druck ihres Arms, die Wärme ihres Körpers. Beglückt atmete sie tief durch und schaute Nina mit leuchtenden Augen an.

»Was ist?«, runzelte diese die Stirn. »Ist irgendetwas nicht in Ordnung?«

»Nein, nein. Alles in Ordnung. In bester Ordnung sogar«, beeilte sich Luise zu versichern.

»Sehe ich auch so«, murmelte Nina und schmiegte sich enger an sie.

Vor Luises Haustür angelangt, sahen die beiden Frauen einander unschlüssig an.

»Da wären wir also«, sagte Luise.

»Hmm. Sieht so aus.« Nina löste sich von Luise und vergrub ihre Hände tief in ihren Manteltaschen, während sie fröstelnd von einem Fuß auf den anderen trat.

»Es wäre sicherlich vermessen, dich jetzt zu fragen, ob du noch mit auf einen Kaffee nach oben kommst«, wagte Luise einen ungelenken Versuch.

»Ich denke schon. Immerhin müssen wir beide morgen früh zeitig raus, und es ist schon spät«, versuchte Nina zu erklären.

»Ja. Außerdem haben wir uns gerade erst wiedergetroffen, und dann ist da noch Miriam. Ich muss da zunächst noch eine Entscheidung treffen«, sagte Luise.

»Stimmt, das muss schon seine Ordnung haben – falls wir uns wiedersehen wollen. Wollen wir das eigentlich?«

»Unbedingt!«, antwortete Luise eilig, zögerte dann jedoch. »Natürlich nur, wenn du das auch willst. Du kannst mich ja anrufen. Du hast jetzt immerhin meine Nummer und meine Adresse und überhaupt ...«

Mit einer hastigen Bewegung trat Nina einen Schritt vor, nahm Luises Kopf in ihre Hände und flüsterte: »Und überhaupt reden wir zu viel!«

Dann küsste sie Luise so voller Leidenschaft, dass diese schließlich heftig nach Luft rang. Ehe Luise noch etwas sagen konnte, hatte Nina sich bereits abrupt abgewandt und lief mit schnellen Schritten die Straße hinunter.

»Danke für den schönen Abend«, murmelte Luise, während sie Nina nachsah. »Dreh dich um. Bitte, bitte, dreh dich um. Wenn du dich umdrehst, dann wird es was mit uns beiden«, flüsterte sie vor sich hin, so, wie sie es schon Wochen zuvor getan hatte.

Und tatsächlich – Nina drehte sich kurz um, winkte und verschwand schließlich um die Straßenbiegung.

Beglückt lächelnd wie in Trance wandte sich Luise der Haustür zu, schloss auf und stieg die Treppe zu ihrer Wohnung hinauf.

Kaum, dass sie merkte, wie sie sich entkleidete, duschte, ihre Zähne putzte, sich eincremte. Ihre Gedanken waren bei Nina und bei der wunderbaren Zukunft, die ihnen bevorstand.

Immer wieder schloss Luise die Augen und versuchte sich an Ninas Kuss zu erinnern, an diese wilde und doch so zärtliche Berührung, die von Begehren und Lust gesprochen hatte.

Begehren und Lust waren es auch, die sie noch lange wachhielten, die sie dazu brachten, sich selbst zu verwöhnen und dabei daran zu denken, wie es wohl wäre, wenn Nina sie liebkoste.

Schließlich, erschöpft von all dem Erlebten aber auch von den Freuden, die sie sich selbst bereitet hatte, schlief Luise mit einem glücklichen Lächeln ein.

◆

»Miriam?«, Luises Finger trommelten ungeduldig auf die Platte ihres Küchentisches, »Miri, wir müssen uns unbedingt treffen. Hast du heute Nachmittag Zeit?«, sprudelte sie ins Telefon, kaum, dass sich Miriam gemeldet hatte.

»Luise, du!« Miriam klang überrascht. »Was willst du? Bist du dir nun endlich darüber im Klaren, was du eigentlich willst?« Miriam gelang es nur schlecht, ihre Verletztheit hinter ihren schroffen Worten zu verbergen.

»Miri, können wir uns nun sehen oder nicht?«, fragte Luise noch einmal ungeduldig. »Wie wäre es um siebzehn Uhr in einem Café? Vielleicht im *Einstein*?«

»Nein, tut mir leid. Kein Café. Wenn wir schon reden, dann möchte ich durch nichts abgelenkt werden. Lass uns ein Stück spazierengehen. Kommst du zur Promenade am Fluss? Aber nicht vor sechs. Ich muss länger arbeiten.« Ohne eine weitere Erklärung abzugeben oder gar eine Antwort abzuwarten, legte Miriam auf.

Erschrocken zuckte Luise zusammen und starrte ihr Telefon an. Hatte Miriam da gerade den Spieß umgedreht und sie überrumpelt? War es nicht das, was sie, Luise, hatte tun wollen?

Mit ungutem Gefühl steckte sie ihr Handy weg. Nach dem Abend mit Nina hatte Luise das Bedürfnis, endlich Ordnung in ihr Gefühlsleben zu bringen.

Sie wollte klare Verhältnisse. Auch wenn sich Nina noch nicht wieder gemeldet hatte, wollte sie frei für sie sein. Gleichzeitig aber fühlte Luise auch, dass sie es Miriam schuldig war, mit ihr zu reden.

Doch genau davor hatte sie Angst. Dabei war eigentlich bereits alles gesagt. Miriam war schließlich nicht dumm. Sie würde wissen, dass Luises Anruf nur die endgültige Trennung bedeuten konnte.

Was aber, wenn Miriam sich doch noch Hoffnungen machte? Wie genau konnte sie ihr beibringen, dass es zwar wirklich schön mit ihr gewesen war, aber ihre Gefühle für sie nicht für ein Leben reichen würden?

Luise fühlte leichte Übelkeit und legte angewidert ihr Frühstücksbrötchen beiseite. In was für eine Situation hatte sie sich nur gebracht! Und wer war schuld?

Willi! Ganz klar. Zumindest erschien es für den Moment leichter, alles auf den armen Dackel zu schieben als sich einzugestehen, grundlegende Fehler gemacht zu haben.

Später, im Kindergarten, war Luise nicht ganz bei der Sache. Zwar kümmerte sie sich wie immer liebevoll um ihre Kleinen, aber sie hatte dabei das Gefühl, wie hinter einer Glaswand zu agieren.

Schließlich kam Jessica zu ihr, drückte ihr Jasmin, eine schluchzende Zweijährige, in den Arm und knurrte leise: »Luise, was ist eigentlich los mit dir? Du hast die Kleine einfach auf der Toilette vergessen. Bist du noch bei Sinnen?«

Luise wurde bleich vor Schreck. »Tut mir leid. Kommt nicht wieder vor. Es ist nur … Ich war ganz in Gedanken«, stammelte sie.

»Verdammt, Luise! Das war doch früher nicht so. Bring endlich dein Privatleben in Ordnung, dann passiert sowas auch nicht.« Jessica schien ernsthaft wütend und Luise wusste, dass sie jedes Recht dazu hatte.

So sehr sie jedoch versuchte, sich auf ihre Kinder zu konzentrieren, ständig schweiften ihre Gedanken wieder ab. Das ungute Gefühl in ihrem Magen wollte einfach nicht weichen.

Quälend langsam zog sich der Tag dahin.

Endlich, endlich war es soweit. Luise stand an der Uferpromenade und wartete auf Miriam. Natürlich war sie zu früh erschienen, doch die frische Luft tat ihr gut.

Sie schlug ihren Mantelkragen hoch, stützte sich auf die Promenadenmauer und sog mit beinahe verzweifelter Gier den rauchig-feuchten Herbst-Duft ein. Sie beobachtete die bunten Blätter, die friedlich den Fluss entlangschaukelten, sah, wie hier und da ein Fisch an die Oberfläche kam. Geruhsam trieben ein paar Schwäne an ihr vorbei, ohne sie auch nur eines Blickes zu würdigen.

»Idyllisch, nicht wahr?«, hörte Luise plötzlich eine Stimme hinter sich. Erschrocken drehte sie sich um. Vor ihr stand Miriam im schwarzen Mantel, der ihre Blässe nur noch stärker betonte.

»Ja, sehr«, murmelte Luise. »Aber die Idylle scheint trügerisch. Siehst du, wie schwarz es dahinten wird? Ich fürchte, da ist ein Gewitter im Anzug.«

»Fast wie im richtigen Leben. Alles scheint wunderbar, und plötzlich – peng! – gibt es einen großen Knall, und alles, was einem wichtig war, wird davongeschwemmt.« Miriam klang bitter.

»Miri!« Luise wollte Miriam am Arm fassen, doch sie machte sich unwirsch los.

»Nichts *Miri*. Wenn du mir den Laufpass geben willst, dann mach es bitte kurz. Dafür sind wir schließlich hier. Oder täusche ich mich?« Miriams dunkle Augen glühten voller Wut.

»Miriam, so hör mir doch zu!« Luise wand sich. »Lass es mich doch bitte erklären!«

»Was gibt es da noch zu erklären? Du fällst vom Baum, stößt dir das Hirn an, und das Ergebnis steht nun vor mir. Klarer Fall von Dachschaden. Wie bitte kann man einer Frau hinterhertrauern, die man maximal dreimal gesehen hat, die man vielleicht ein-, zweimal geküsst hat und die dann einfach verschwindet? Ich verstehe das einfach nicht. Mit uns beiden hat es doch gut funktioniert. Das ist verrückt. Einfach nur verrückt.«

Luise sah, wie Miriam die Tränen in die Augen stiegen. Eigentlich drängte alles in ihr, sie in den Arm zu nehmen und sie zu trösten. Doch sie wagte es nicht. Stattdessen hielt sie sich an der Mauer hinter hier fest. Leise flüsterte sie: »Das ist nicht verrückt. Das ist Liebe, einfach nur Liebe. Ich hätte auch nicht gedacht, dass mir das einmal passieren wird. Glaub mir, dass ist das Schönste und zugleich das Schrecklichste, was mir bisher geschehen ist. Vielleicht wird es dir ja auch eines Tages passieren, und du kannst mich dann verstehen.«

Doch Miriam machte nicht den Eindruck, als verstand sie, was Luise sagte. Stattdessen stieß sie hervor: »Was immer es sein mag, mich interessiert nur eines: Was um alles in der Welt war ich für dich? Jemand, mit dem du mal eben ins Bett gehen konntest?«

»Wie kommst du denn darauf?«, fuhr Luise auf, biss sich aber sogleich auf die Lippen. Sie wusste sehr wohl, wie Miriam auf diese Idee kam.

»Ja, wie komme ich wohl darauf? Weißt du, wie enttäuscht du geschaut hast, als ich am ersten Abend nicht mit dir nach oben gegangen bin? Du hattest es ja ziemlich nötig. Das ist mir später nicht entgangen.« Ein hämisches Lächeln spielte um Miriams Lächeln.

»Dass du so sein kannst!« Wütend brach es aus Luise heraus. »Ich wollte dir doch nur erklären, wie leid mir das alles tut, wie sehr ich dich trotz allem mag. Ich hätte sonstwas dafür gegeben, wenn wir beide wenigstens Freundinnen sein könnten, etwas miteinander unternehmen würden.«

»Ja, klar. Und Nina würde zu allem ihren Segen geben. Oder nein, warte! Besser noch! Wir unternehmen zu dritt etwas. Vielleicht sogar im Bett. Wäre doch toll!« Miriam hatte sich richtig in Rage geredet. »Wie naiv bist du eigentlich?«

Luise atmete tief durch, um ihre aufsteigende Wut zu bändigen. »Ich bin vielleicht naiv. Aber ich bin nicht bösartig. Und ich unterstelle niemandem Bösartiges. Tut mir wirklich leid, wenn ich dein Ego verletzt habe. Aber was soll ich denn machen? Dich anlügen? Unsere Beziehung einfach so weiterführen? Das würde uns doch beide unglücklich machen. Du bist«, sie stockte kurz, »du warst mir einfach zu viel wert, um dich auf diese Weise zu betrügen. Ich wollte wenigstens ehrlich zu dir sein.«

Luise war es nicht gelungen, ihre Wut gänzlich zu unterdrücken. Aufgebracht funkelte sie Miriam an, die ebenso wütend zurückstarrte. »Deine Ehrlichkeit kannst du dir sonstwohin stecken. Ich hätte schon stutzig werden müssen, dass du mir nie angeboten hast, ein paar Sachen bei dir zu lassen. Macht man sowas nicht in einer Beziehung?«

Luise stieß sich mit einem Ruck von der Mauer ab. »Du willst das doch jetzt nicht ernsthaft ausdiskutieren! Versteh mich doch! Es ist aus und vorbei, obwohl mit Nina noch nichts, aber auch gar nichts ist. Das Treffen mit ihr hat mir nur gezeigt, dass das mit uns nicht dauerhaft funktionieren kann. Das ist alles. Glaub es oder lass es. Adieu.«

Luise machte auf dem Absatz kehrt und wollte nach Hause eilen. Da war Miriam mit zwei Schritten bei ihr, fasste sie am Ärmel und versuchte sie festzuhalten. »So leicht kommst du mir nicht davon!«, fauchte sie.

»Was willst du dagegen tun?«, lächelte Luise sarkastisch. »Wollen wir uns hier in aller Öffentlichkeit noch eine Weile streiten wie die Marktweiber? Das ist vielleicht dein Stil, meiner nicht.« Unwirsch wollte sie sich losmachen.

Doch Miriam schien völlig außer Kontrolle: »Mein Stil? Was bildest du dir eigentlich ein? Nur weil du jetzt Aussichten auf eine Frau Doktor hast, bin ich dir nicht mehr gut genug!«

Ihr schrilles Kreischen gipfelte in einer schallenden Ohrfeige für Luise.

Das klatschende Geräusch und Luises Aufschrei brachten Miriam wieder zur Besinnung. Erschrocken ließ sie sie los und schlug die Hände vors Gesicht. »Um Gottes willen! Luise! Es tut mir leid! Ich wollte doch nur …!« Tränen stiegen ihr in die Augen.

Doch Luise, die aschfahl geworden war, zeigte keine Regung. »Miriam, lass uns jetzt jede nach Hause gehen. Die Leute schauen schon her. Das war's. Ruf mich nie wieder an.« Dann wandte sie sich endgültig zum Gehen.

Aufgeregt, wie sie war, stieß sie mit einem jungen Mann zusammen, der gerade seinen Hund ausführte. »Kann ich Ihnen helfen?«, fragte er besorgt. »Soll ich die Polizei rufen?«

»Nein, danke. Geht schon. Es ist alles in Ordnung«, schüttelte Luise den Kopf. »Mir geht's gut.«

»Sind Sie sicher?« Der junge Mann lies nicht locker, während sein Mops interessiert an Luises Hosenbein schnüffelte.

»Ich bin sicher. Man muss im Leben immer einen Preis zahlen. Das war gerade meiner. Ich habe die Ohrfeige irgendwie auch verdient.« Luise tätschelte dem Mops den Kopf, lächelte sein Herrchen an und eilte mit langen Schritten nach Hause.

◆

Kaum hatte Luise ihre Wohnungstür hinter sich geschlossen, spürte sie, wie ihre Knie zitterten. Erschöpft lehnte sie sich mit dem Rücken an die Tür, dann rutschte sie langsam, aber unausweichlich zu Boden. Je tiefer sie sank, desto höher stiegen ihre Tränen.

Schließlich hockte Luise auf dem Boden und schluchzte sich die Seele aus dem Leib. All ihr Unglück, ihr Bedauern über alles, was schiefgelaufen war, ihre Enttäuschung, ihre Angst brachen mit eruptiver Macht aus ihr heraus.

So saß sie eine Weile, von Weinkrämpfen geschüttelt, deren Intensität jedoch zunehmend nachließ. Als sie schließlich nur noch in kaum wahrnehmbaren kleinen Wellen über sie kamen, begann Luise nach und nach ihre Umgebung wieder wahrzunehmen.

Zunächst spürte sie die Kühle des Fußbodens, die unangenehm durch ihren Mantel drang. Dann spürte sie die Feuchtigkeit des zusammengeknüllten Taschentuchs in ihren Händen sowie das unangenehme Gemisch aus Tränen und Rotz, das auf ihrem Gesicht zu trocknen begann.

Sie wusste, sie würde aufstehen müssen, um gegen all diese Dinge etwas zu unternehmen. Mühsam, unter Schniefen und Ächzen, rappelte sie sich hoch, als ihr Blick auf den Anrufbeantworter fiel. Sein rotes Auge blinkerte ihr freundlich zu.

Mit einem Sprung war Luise beim Gerät, drückte auf den Knopf und lauschte mit andächtiger Faszination der Nachricht, die ihr ein wenig blechern entgegenschallte.

»Hallo Luise. Nina hier. Wenn du magst, würde ich dir gern ein paar Bilder aus dem Kongo zeigen. Hast du Zeit? Heute Abend, so gegen acht? Ich würde mich freuen. Ähm … Mommsenstraße zweiundsiebzig.«

Für eine Sekunde stand Luise wie vom Donner gerührt. Konnte das wirklich wahr sein? Nina lud sie zu sich ein? Verdammt! Wie spät war es eigentlich? Und wie sah sie bloß aus?

Ein Blick auf die Uhr zeigte ihr, dass es bereits kurz vor halb acht war. Der Spiegel verriet ihr, dass sie erbärmlich aussah, so rot und verheult, mit verschmiertem Mascara.

Der Wunsch, möglichst viele Dinge gleichzeitig zu tun, führte dazu, dass sie einen Moment völlig erstarrte. In ihrem Kopf ratterte es. Was sollte sie nur zuerst tun?

Mit einem Ruck griff sie schließlich nach ihrem Handy und simste: »Bin auf dem Weg. Musste nur noch etwas klären. Bitte warte auf mich.«

Dann stürmte Luise ins Bad, während sie sich förmlich die Sachen vom Leib riss. In Windeseile duschte sie, freute sich, dass ihr noch immer kurzes Haar so pflegeleicht war, schminkte ihre Augen, um zumindest die Tränenspuren zu kaschieren, verzichtete auf weiteres Make-up und eilte schließlich splitternackt ins Schlafzimmer.

Rasch griff sie sich ein paar frische Sachen, schlüpfte in Jeans und Bluse, wobei sie gleichzeitig nachgrübelte, wie sie wohl in die Mommsenstraße käme. Ihre Wahl fiel schließlich auf das Fahrrad, da sie keine Ahnung hatte, in welchem Takt die Straßenbahnen dorthin fuhren. Sie wusste nur eines – sie musste schnell sein.

◆

Nina wohnte in einem Neubaublock, umsäumt von Hecken und Bäumen, deren Blätter schon starke herbstliche Verfärbungen zeigten.

Völliger außer Atem drückte Luise auf die Klingel, hörte das knappe »Komm rauf!« und das Summen der Tür. Als sie schließlich völlig außer Puste im vierten Stock ankam, wartete Nina bereits lächelnd in der Tür.

»Wow, du siehst ja völlig fertig aus. Warum hast du nicht den Fahrstuhl genommen? Ist was passiert?«, begrüßte sie Luise, während sie sie ganz selbstverständlich umarmte und ihr einen Kuss auf jede Wange hauchte.

»Hallo!«, japste Luise und rang nach Luft. »Ich musste erst noch etwas klären. Tut mir leid, wenn ich zu spät bin.« Wie eine Trophäe hielt sie Nina eine Flasche hin, die sie sich zu Hause noch im letzten Moment gegriffen hatte. »Kirschwein, selbstgemacht. Ich hoffe, du magst ihn.«

»Wenn der so gut ist wie dein Kuchen und die Limonade, freue ich mich jetzt schon«, lachte Nina und leckte sich die Lippen, während sie Luise in die Wohnung zog.

Sie dirigierte Luise ins Wohnzimmer, der verblüfft der Mund offen stehenblieb. »Wahnsinn! Ist das alles aus Afrika?«

Luise starrte überrascht auf die zahlreichen hölzernen Masken an den Wänden, die Trommeln, Speere und Skulpturen sowie auf die große Ottomane.

Nina strahlte. »Das ist mein persönliches, kleines Afrika. Ich weiß schon, dass das ein wenig übertrieben wirkt.« Sie lachte. »Immerhin bekomme ich das oft genug von Besuchern gesagt. Aber mir gefällt's bisher. Schau«, sie nahm eine der Masken mit Handgriff in die Hand, deren große Eulenaugen Luise wie erstaunt anschauten, »das ist eine Maske der Bembe. Bei diesem Stamm wird eine derartige Maske verwendet, um sich vor bösen Geistern zu schützen. Ein Vater hat sie mir mal geschenkt, als ich seinem kleinen Sohn den völlig vereiterten Blinddarm operiert habe. Er hatte schon zwei Söhne verloren.«

»Das ist beeindruckend, wirklich beeindruckend.« Luise meinte, eine Träne in Ninas Augen glitzern zu sehen, wusste aber nicht, was sie sonst noch dazu sagen sollte. Stattdessen wandte sie sich einer reich verzierten Trommel zu. »Und die? Die sieht toll aus. Wo hast du die her?«

Nina nahm die Trommel und betrachtete sie mit sehnsuchtsvollem Lächeln. »Die habe ich auf einem Markt gekauft. Der Verkäufer schien uralt zu sein, aber als ich mit ihm sprach, stellte sich heraus, dass er erst Mitte vierzig war.«

»Wie sprichst du denn mit den Menschen dort?«, fragte Luise.

»Och, mit Französisch kommst du vor allem in den Städten sehr weit. Nach all den Jahren kann ich auch noch ein paar Brocken Kituba und Lingála. Außerdem haben wir ja meistens einen

Dolmetscher dabei, wenn sie uns auf die Bevölkerung loslassen.« Sie lächelte bübisch.

Eine ganze Weile verharrten die beiden noch bei den Masken, Skulpturen und Trommeln. Nina erzählte einiges über deren Bedeutung und Geschichte.

Luise fand das alles unglaublich spannend. Allerdings musste sie sich eingestehen, dass sie nach einer Weile gar nicht mehr darauf hörte, *was* Nina sagte, sondern, dass sie beobachtete, *wie* sie sprach, wie sie sich bewegte, wie ihre Augen funkelten.

»Alles in Ordnung bei dir? Rede ich zu viel?«

Um ein Haar hätte Luise verpasst, auf Ninas Frage zu antworten. »Oh, nein, nein. Es ist sehr interessant. Ich bin einfach nur fasziniert.«

Das war nicht einmal gelogen. Doch Luise konnte sehen, dass Nina sehr wohl verstand, dass ihr Interesse nur bedingt den Kunstgegenständen galt.

»Setzen wir uns doch. Ich hole uns etwas zu trinken, und dann schauen wir uns ein paar Bilder an. Es sind wirklich nur ein paar. Versprochen. Schließlich will ich dich nicht vergraulen.« Nina schmunzelte. »Hast du eigentlich schon was gegessen?«

Als Luise verneinte, holte Nina einen Stapel Speisekarten aus einer Schublade. »Italienisch, chinesisch, thailändisch, griechisch ...? Ich habe es nicht so mit dem Kochen. Daran wirst du dich gewöhnen müssen.«

Luise stutzte. »Du meinst, wenn wir uns häufiger sehen sollten?«

»Genau das«, lächelte Nina. »Also was jetzt? Pizza?«

»Pizza klingt hervorragend!«, strahlte Luise und ließ sich schwungvoll auf die riesige Ottomane fallen.

Wenig später saßen Nina und Luise pizzakauend freundschaftlich aneinandergeschmiegt auf der Ottomane und tranken Rotwein. Da Nina über keinen Fernseher verfügte, hatte sie einen Beamer angeworfen. Überlebensgroß sah Luise nun Bilder aus dem Kongo. Kinder mit eiternden Wunden, aufgeblähten Bäuchen, verkrüppelten Gliedmaßen.

Sie sah aber auch Menschen, die Freude an ihrem Dasein hatten, die lachten und tanzten, die versuchten, den Kindern ein wenig Bildung zu geben, und sei es unter einem einfachen Wellblechdach.

Luise war fasziniert und begeistert. Beinahe bedauerte sie es, als Nina nach einer dreiviertel Stunde den Projektor ausschaltete. »So, das war's fürs erste. Ich will dich wirklich nicht vertreiben.«

»Tust du nicht, überhaupt nicht«, protestierte Luise. »Darf ich dich was fragen?«

»Sicher, was immer du willst«, nickte Nina und trank einen Schluck Wein, während sie Luise offen anschaute.

»Wie geht es dir jetzt? Ich meine, nach deiner Krankheit. Du siehst ...« Luise suchte nach einem Wort, das höflich genug war, um Ninas schmale Blässe zu beschreiben.

»Du meinst, ich sehe noch immer aus wie ein verrecktes Hühnchen?«, lachte Nina.

»Öhhh, naja, nicht so direkt.« Luise wurde puterrot.

»Sag's nur. Meine Mutter hält mir das auch ständig vor. Sie meint, ich müsse mal was Anständiges essen. Nicht nur immer Kantinenfutter und Fastfood.« Nina wies mit der Hand auf die beiden fast gänzlich geleerten Pizzakartons.

»Na, also das Problem wäre ziemlich einfach zu lösen. Ich würde dich hiermit ganz spontan am Sonntag zum Essen einladen. Ich koche natürlich. Was ich koche, ist eine Überraschung.« Luise war ein wenig erschrocken über die Kühnheit ihres Angebots. Mit weit geöffneten Augen sah sie Nina erwartungsvoll an.

Die lachte. »Momentan ist es wohl eine Überraschung für uns beide. Ich schätze mal, du hast noch keinen blassen Schimmer, was du kochen wirst.«

Luise schmunzelte. »Stimmt.« Dann wurde sie wieder ernst. »Wirst du wieder hinfahren?«

»Du meinst, ob ich meinen nächsten Urlaub wieder im Kongo verbringe?«

Luise nickte.

»Ich weiß nicht. Irgendwann sicherlich. Nur weil ich krank geworden bin, heißt das ja nicht, dass ich all meinen Überzeugungen und Idealen abgeschworen habe. Aber ich weiß noch nicht, ob im nächsten Jahr. Das hängt von verschiedenen Faktoren ab.«

Nina warf Luise einen so intensiven Blick zu, dass ihr ganz heiß wurde. Sie schluckte und räusperte sich. »Darf ich dir noch eine Frage stellen?«

»Das fühlt sich ein bisschen an wie die spanische Inquisition«, ulkte Nina. »Kannst du schon abschätzen, wie viele Fragen es noch werden?«

Wieder wurde Luise rot. »Eigentlich sind es genau noch zwei«, haspelte sie verlegen. »Du darfst mir dann auch jede Frage stellen, die du magst.« Hastig stürzte sie ein halbes Glas Wein hinunter, was ihr einen Hustenanfall bescherte.

»Davon gehe ich doch mal aus«, nickte Nina. »Geht's, oder brauchst du Erste Hilfe?«

»Wiederbelebung wäre nicht schlecht«, entfuhr es Luise, obwohl sie schon wieder Luft bekam. »Oh, Entschuldigung. So war das nicht gemeint. Ich wollte nur sagen ... du als Ärztin ... also, ich meine ... du hast mich ja schon mal gerettet ... ähm ...«

Ehe sie sich noch mehr verhaspeln konnte, beugte sich Nina zu ihr hinüber, legte ihr eine Hand in den Nacken und küsste sie innig. »Hattest du dir das in etwa so vorgestellt?«, lächelte sie schließlich, als sie etwas außer Atem ihre Lippen von Luises löste.

»Ja, so in etwa. Könnte ich das noch mal haben? Ich glaube, es hat mir sehr gutgetan«, hauchte Luise selbstvergessen mit genussvoll geschlossenen Augen.

Nina tat, worum sie gebeten worden war, innig und voller Zuneigung. Dann flüsterte sie: »Und was war jetzt deine nächste Frage?«

»Verrätst du mir, wer die Frau in deinem Sprechzimmer war, bevor du in den Kongo geflogen bist?«, flüsterte Luise erwartungsvoll.

»Warst du etwa eifersüchtig?«

»Ich *bin* eifersüchtig. Zumindest wenn die Damen so gutaussehend sind«, sagte Luise.

»Gut, ich werde es meiner Schwester ausrichten, dass sie das nächste Mal ein Schild *Ninas Schwester* auf dem Rücken tragen soll, wenn sie mich wieder besucht«, erklärte Nina in gespielt ernstem Tonfall.

»Du hast eine Schwester?«, entfuhr es Luise. »Ich bin so ein Trottel.«

»Stimmt«, nickte Nina. »Letzte Frage.«

»Weshalb hast du dich mit Dr. Meisner getroffen?«

»Ah, das. Mh, also *das* war mal ein interessantes Date. Womöglich wird das meine Zukunft völlig verändern.« Nina wiegte bedeutungsvoll den Kopf.

Luise stutzte einen Moment, dann verstand sie. »Sag bloß, du denkst darüber nach, seine Praxis zu übernehmen!«

Nina strahlte. »Genau. Deshalb war ich bei ihm. Und ehrlich gesagt, denke ich nicht nur darüber nach. Ich habe das inzwischen ernsthaft für mich beschlossen. Wenn alles klappt, geht es ab ersten Februar nächsten Jahres los.«

»Das ist ja . . . Ich weiß gar nicht, was ich dazu sagen soll.« Luise fuhr sich mit beiden Händen durchs Haar. »Ich dachte, du wärst nicht für das Landleben geschaffen? Wolltest du nicht in der Klinik bleiben, weil du dort operieren kannst?«

»Das werde ich auch weiterhin tun. Einzelheiten muss ich noch absprechen, aber ich werde natürlich Belegbetten in der Klinik behalten. Das eine schließt das andere schließlich nicht aus.« Nina bekam vor lauter Erklärungseifer ganz rote Wangen. »Als ich diesmal im Kongo war, ist mir bewusst geworden, wie sehr ich es schätze, mit Kinder zu arbeiten. Also, ich meine, wirklich mit ihnen zu arbeiten. Sie lachen und weinen zu sehen, mit ihnen zu reden, ihnen die Nase zu putzen und die Hose hochzuziehen. Ich glaube, da ist man in einer Landpraxis einfach viel näher dran als in einer Klinik, wo es doch oft recht anonym zugeht. Außerdem – ich fahre bis in den Kongo, um unter Wellblech zu helfen, und hier vergrabe ich mich in einer hochmodernen Klinik – ich finde, dass passt nicht zusammen. Ich weiß, dass der Neuanfang ein schwerwiegender Entschluss ist, aber ich hatte in den letzten Wochen sehr viel Zeit zum Nachdenken. Außerdem stehe ich auf Abenteuer.«

Nina strahlte Luise voller Begeisterung an, sodass diese gar nicht anders konnte, als ihr zuzustimmen. »Ich finde das toll, dass du dir das wagst. Wirst du auch dorthin ziehen?«

Nina wiegte nachdenklich den Kopf. »Das weiß ich noch nicht. Eigentlich gehört ja das ganze Haus zur Praxis. Dr. Meisner zieht mit seiner Frau weg. Theoretisch steht die Wohnung also leer. Ich habe sie mir schon mal angeschaut. Sie ist groß und hell. Das würde mich schon reizen. Aber das entscheide ich später. Erst mal bleibe ich hier wohnen.«

»Wow! Ich fasse es nicht!« Luise ließ sich völlig geplättet auf die Couch zurücksinken. »Ist das bei dir immer so? Kaum sieht man dich ein paar Wochen nicht, krempelst du dein ganzes Leben um.«

»Nein, eigentlich bin ich ziemlich bodenständig und anhänglich«, lächelte Nina und beugte sich über Luise. Zärtlich strich sie ihr eine blonde Locke aus der Stirn und küsste sie sanft auf die Nase. »Und wie ist das bei dir?«

Ninas Nähe versetzte Luise in Erregung. Sie spürte den weichen Druck ihrer Brüste, sog tief ihren angenehmen Duft ein. Eine von Ninas vorwitzigen Haarsträhnen kitzelte ihr lockend am Ohr.

Prickelnde Begierde machte sich in ihr breit, bescherte ihr eine erwartungsvolle Gänsehaut. Sie konnte ihren Blick nicht von Ninas Blick lösen, der mit samtener Verheißung auf ihr ruhte. Wie in Zeitlupe legte Luise den Kopf in den Nacken, schloss die Augen und öffnete die Lippen – ganz leicht, nur einen Hauch.

Eine Sekunde verharrten sie so, genussvoll im Vorgeschmack kommender Freuden schwelgend.

Dann flüsterte Luise, beinahe ohne die Lippen zu bewegen: »Finde es heraus!«, was Nina sich nicht zweimal sagen ließ.

Zärtlich berührten ihre Lippen Luises vollen Mund. Die feuchte Spitze ihrer Zunge umkreiste spielerisch ihre Lippen, klopfte fragend an ihre Zähne.

Noch ehe Luise den Genuss dieser Berührung zu Ende gefühlt hatte, knabberte Nina fester an ihren Lippen, eroberte ihre Zunge schließlich geschmeidig mit rascher Bewegung das Innere von Luises Mund. Neckend und kosend umkreisten die Zungen einander, wobei sie kleine Feuerwerke der Lust in Luises Hirn entzündeten.

Ihr entrang sich ein keuchendes Stöhnen, ihr Körper bog sich unter Ninas süßer Last. Diese wurde nun mutiger, ließ ihre Hand unter Luises Bluse gleiten. Diese warme, feste Berührung setzte Luise nur noch mehr in Brand. Sie drängte sich Nina entgegen, fasste sie fest am Po, um sich noch stärker an ihr reiben zu können.

Schon fühlte Luise ein wohlbekanntes Ziehen in ihrem Unterleib, spürte, wie Feuchtigkeit ihren Schoß netzte. Winzige Schweißperlen traten ihr auf die Stirn. Alles, was sie sich wünschte, war Ninas nackten Körper auf ihrem zu spüren, seine frauliche Sanftheit, die begehrliche Wärme.

Gleichzeitig aber fürchtete sie, dass alles viel zu schnell ging, dass Nina ihr Begehren missverstehen und sie dadurch alles zerstören würde.

Unter Ninas heftiger werden Küssen und Bissen, unter ihren Händen, die hastig ihre Bluse aufknöpften, stöhnte Luise plötzlich: »Warte!« Ihr Atem ging heftig und stoßweise.

Sofort nahm sich Nina zurück. »Was ist? Habe ich etwas falschgemacht?« Unsicherheit flackerte in ihren Augen.

»Nein, ganz und gar nicht. Aber sollten wir das wirklich tun? Ich meine, wir kennen uns doch eigentlich kaum.« Es klang besorgt.

Doch Nina lächelte beruhigend. Dann flüsterte sie: »Als wir das letzte Mal an dieser Stelle waren, sind wir vom Sofa gefallen. Ich denke schon, dass wir es uns verdient haben, das Ganze zu Ende zu führen. Findest du nicht?«

Bei dem Gedanken an ihren damaligen Absturz musste Luise lächeln. Es war wie die gemeinsame Erinnerung eines langjährigen Paares. Alles schien so vertraut, fühlte sich plötzlich so richtig an. »Du hast recht. Ich rede Unsinn. Hör nicht auf mich.« Sie küsste Nina sanft und streichelte zärtlich über ihre Wange. »Jetzt habe ich ja auch zwei Hände, um dich festzuhalten.« Dann fuhr sie mit schnellem Griff unter Ninas T-Shirt und streifte es ihr über den Kopf. »Besser?«

Ninas Antwort war nicht zu vernehmen, hatte sie doch ihren Kopf in Luises Halsbeuge versenkt. Leckend und beißend jagte sie Luise kleine Schauer über den Rücken. Wie nebenbei schaffte sie es, Luise aus Bluse und BH zu befreien, was diese mit einem erleichterten Seufzen quittierte.

Mit leichtem Schwung und dem Moment der Überraschung schaffte es Luise, Nina auf den Rücken zu drehen. Geschmeidig wie eine Katze kam sie über sie. Erregung schauerte in kleinen Wellen durch die Muskulatur ihres Bauches, setzte sich in Ninas bebendem Körper fort und fand in einem tiefen Stöhnen, das wie der Vorbote einer Eruption klang, ihren Weg aus Ninas Kehle.

Voller Begierde begann Luise, Ninas Brüste zu liebkosen, an ihren Nippeln zu saugen, die großen, dunklen Höfe sorgsam zu lecken. Bald schon befriedigt von dem kleinen Gebirge, das unter ihrer Zunge entstanden war, folgten ihre Lippen dem Tal zwischen Ninas Brüsten.

Luise küsste sich ihren Weg bis hin zu Ninas Bauchnabel langsam und doch voller Leidenschaft. Ihr war, als könne sie jedes einzelne der beinahe unsichtbaren Härchen spüren, die sich beglückt aufrichteten, ihre Lippen kitzelten, ihre Zunge streiften.

Voller Erregung spürte Luise, wie Ninas Körper sich unter ihr aufbäumte, sich ihr entgegenbog, mehr von ihr forderte.

Mit Hingabe und Entzücken spendete sie Ninas Bauchnabel solche Freuden, dass deren Bauchmuskeln in ekstatischen Wellen zuckten.

Nun endlich war es für Luise an der Zeit, den Reißverschluss von Ninas Jeans langsam und verheißungsvoll, Zahn für Zahn zu öffnen. Während sie dies tat, sah sie in Ninas Augen, in denen Ungeduld brannte.

Kurzatmig biss sich Nina auf die Unterlippen. Ihre Brüste hoben und senkten sich im gierigen Takt ihres Atems. Schweiß perlte ihren Busen hinab. Obwohl sie offensichtlich nichts sehnlicher wünschte, als dass Luise ihr Erlösung verschaffte, sagte sie nichts, fixierte Luise nur mit bittendem Blick.

Behände streifte Luise Ninas Jeans und Slip ab und warf sie achtlos zur Seite. Dann verharrte sie einen Moment zwischen Ninas Schenkeln, betrachtete beinahe andächtig den verheißungsvollen Schoß, der sich ihr so schutzlos preisgab.

Mit einem lustvollen Lächeln tauchte sie schließlich ein in dieses herb duftende Tal. Es dauerte nicht lange, bis Nina die kosenden Bemühungen ihrer Lippen, die drängenden Zärtlichkeiten ihrer Zunge mit einem langgezogenen Ächzen quittierte.

Luise spürte die quellende Feuchtigkeit unter ihren Lippen, spürte das immer stärker werdende Schwellen. Je mehr sie ihre Bemühungen verstärkte, desto heftiger wurde Ninas Stöhnen.

Den Kopf in den Nacken gelegt, auf ihre Ellenbogen gestützt, hielt sie die Augen geschlossen, um jede noch so winzige Berührung genießen zu können.

Lippen, Zähne, Zunge, schwellendes Fleisch, quellende Feuchtigkeit, Stöhnen und Ächzen und schließlich ein eruptives Zucken, das für den Augenblick jedes Geräusch auszulöschen schien.

Schließlich kam Nina mit einem mühsam unterdrückten Gurgeln. Sie sank in sich zusammen, zog Luise zu sich nach oben und rang nach Luft.

Gedankenverloren sah Luise Nina dabei zu, wie sie langsam wieder zu Atem kam, während sie zärtlich ihren schmalen Körper streichelte.

»Woran denkst du?«, drang schließlich Ninas Stimme zu ihr durch.

Luise lächelte und schaute Nina mit strahlenden Augen an. »An dich, woran sonst.« Ihre Finger glitten über die kleinen Brüste, streiften die mageren Rippenbögen entlang und huschten schließlich über die kitzelnde Stelle nahe der Weiche.

Erwartungsgemäß zuckte Nina zusammen. Dann rügte sie: »Du spielst!«

»Nur zu gern«, nickte Luise und betrachtete Nina eindringlich.

»Was ist? Was schaust du mich so merkwürdig an? Bin ich dir zu mager?«, fragte sie verunsichert.

Luise musste auflachen. »Ein wenig, aber glaube mir, das wird sich ändern, wenn ich dich erst bekochen darf. Ich brauche schließlich was zum Anbeißen.« Unverhofft vergrub sie ihren Kopf in Ninas Halsbeuge und biss spielerisch-herzhaft zu.

Nach einem erschrockenen Quieken sammelte Nina alle Kräfte und versuchte, Luise von sich zu schieben. Sie rangelten eine Weile, bis Nina schließlich die Oberhand gewann. »Na warte du, dir werde ich zeigen, wer hier zum Anbeißen ist!«

Mit einem Mal klang ihre Stimme ganz weich und zärtlich. Sie küsste Luise erst sanft, dann immer heftiger, bis deren Widerstand erstarb und sie sich nun ihrerseits Ninas intensiven Liebkosungen hingab.

◆

Es war nach Mitternacht, als Luise fröstelnd erwachte. Nina lag lang hingestreckt auf der Seite, den Kopf auf ihren Arm gebettet und schlief. Im hellen Licht des Mondes schimmerte ihr nackter Körper wie Perlmutt. Ihr Haar, das wirr ihren Kopf umfloss, wirkte im bleichen Licht nur noch dunkler. Das Rot ihrer Lippen erinnerte Luise an Kirschen.

Schneewittchen!, schoss es ihr durch den Kopf, *Ich muss sie nur küssen, um sie zu wecken.*

Doch sie wagte nicht, dieses märchenhaft schöne Bild zu zerstören. Stattdessen sah sie sich nach einer Decke um, fand sie. Vorsichtig kuschelte sie sich schließlich an Nina und zog die Decke über beider Körper.

»Was für ein Tag ist heute?«, murmelte Nina schlaftrunken.

»Samstag, alles gut. Schlaf nur«, flüsterte Luise, während sie Nina sanft über das Gesicht strich.

»Wunderbar. Kein Dien...«

Mehr konnte Luise nicht mehr verstehen, denn Nina war mit einem entspannten Lächeln wieder in Tiefschlaf versunken.

Eine kleine Weile noch lag Luise wach, betrachtete den Mond, lauschte Ninas gleichmäßigem Atmen und genoss das unendliche Glücksgefühl, das ihren Körper durchströmte. Dann schlief auch sie wieder ein.

Am nächsten Morgen, beim Frühstück in Ninas winziger Küche, saßen die beiden Frauen sich mit vor Glück geröteten Wangen und großem Strahlen gegenüber.

Nina biss herzhaft in das frisch aufgebackene Brötchen, das sie dick mit Kirschmarmelade bestrichen hatte. »Ich habe so einen Hunger, wie schon lange nicht mehr«, stellte sie verwundert fest, während sie mit vollen Wangen kaute.

»Woran das wohl liegt?«, schmunzelte Luise und nahm einen Schluck Kaffee.

»Mh, möchte ich auch mal wissen.« Dann betrachtete sie Luise aufmerksam mit zur Seite geneigtem Kopf, als könne sie sie so besser einschätzen. Jedes Spielerische war aus ihrer Stimme verschwunden, als sie besorgt fragte: »Geht es dir gut?«

»Mir geht es mehr als gut. Irgendwie kann ich noch gar nicht fassen, dass ich wirklich hier sitze und mit dir frühstücke.« Luise biss lustvoll in ihr Honigbrötchen. »Weißt du, es ist schon komisch, wie nahe Glück und Leid beieinander liegen. Gestern Nachmittag hatte ich noch den größten Streit aller Zeiten mit Miriam, habe mir sogar eine Ohrfeige eingefangen, und heute bin ich einfach nur glücklich.«

Nina nickte verstehend. »Warst du deshalb gestern so verstört, als du herkamst?«

»Das hast du bemerkt?« Luise war verblüfft.

Nina musste laut lachen. »Na, also entschuldige mal. Ich bin zwar keine Psychologin, aber das war ja wohl kaum zu übersehen. Willst du mir noch etwas erzählen?«

»Eigentlich nicht. Tut mir leid. Es ist nicht mehr wichtig. Es ist alles geklärt, alles gesagt zwischen Miriam und mir. Ich glaube, ich möchte vorerst einfach nicht mehr daran denken.« Luise griff nach Ninas Hand. »Das einzige, was jetzt noch wichtig ist, bist du.« Sie zögerte. »Natürlich nur, wenn du das auch so siehst. Ich will mich dir nicht aufdrängen, nicht, dass du denkst ...«

Mit einer heftigen Bewegung entzog Nina Luise ihre Hand und legte ihr einen Finger auf den Mund. »Hältst du jetzt mal den Schnabel und genießt mit mir diesen Morgen? Wenn du sagst, alles ist gut, dann glaube ich dir das. Und wenn ich nicht mit dir zusammensein wollte, dann säßest du nicht an diesem Tisch. Alles klar?« Sie zog scheinbar drohend eine Augenbraue hoch. In ihren Augen funkelte jedoch der Schalk.

»Alles klar«, entgegnete Luise erleichtert. Dann widmete sie sich wieder ihrem Brötchen.

Eine Weile kauten beide schweigend, bis Nina plötzlich fragte: »Was hältst du davon, wenn du mich nächste Woche zu Dr. Meisner begleitest?«

»Zu Dr. Meisner?« Luise verschluckte sich fast. »Was wollen wir denn da?«

»Na ja, ich muss noch den Vertrag unterschreiben. Da bräuchte ich schon ein wenig moralischen Beistand.« Nina spielte verlegen mit ihrer Kaffeetasse. »Immerhin geht es um mein zukünftiges Leben.«

»Ja, gern. Wenn du mich dabeihaben willst. Ich kann das bestimmt einrichten«, stotterte Luise. Dann fasste sie sich. »Da können wir auch gleich meine Eltern besuchen.«

»Oh, willst du ihnen die neue Schwiegertochter vorstellen? Ist das nicht noch ein bisschen früh?« Nina hob skeptisch die Augenbrauen.

»Quatsch. Meine Eltern wissen das schon richtig einzuordnen. Nein, ich wollte dir eigentlich das Dorf zeigen. Wenn du schon eine Landarztpraxis übernehmen willst, dann solltest du doch wohl vor Ort sehen, was genau dich erwartet.«

»Du hast recht. Klingt wie eine gute Idee. Ich denke aber, wenn wir schon dort sind, sollten wir noch etwas Wichtiges tun.«

»Als da wäre?« Luise sah Nina ratlos an.

Nina lachte. »Das Allerwichtigste hast du offensichtlich vergessen! Wir bringen Willi eine große Wurst. Die hat er sich redlich verdient. Immerhin hat er es geschafft, dich für mich vom Baum zu holen. Das muss doch honoriert werden.«

Es dauerte einen Augenblick, bis Luise begriff. Dann stimmte sie herzhaft in Ninas Lachen mit ein. »Stimmt. Eigentlich hat er sich sogar einen ganzen Wurstkorb verdient.« Sie wischte sich mit ihrer Serviette Mund und Finger ab. »Und wie geht es jetzt weiter? Was machen wir jetzt?«

Nina stand auf, ging um den Tisch herum und setzte sich auf Luises Schoß. »Das fragst du noch? Also ich hätte da so eine Idee.« Sie nahm Luises Gesicht in beide Hände und begann sie zärtlich zu küssen.

Ninas Kuss, der nach Kirschen schmeckte, zauberte ein Lächeln auf Luises Gesicht. Sie schloss die Augen und wünschte sich, dass dieser Kirschensommer nie zu Ende gehen möge.

ENDE

Weitere Titel

bei édition el!es

Alexandra Liebert: Familiengeheimnisse

Roman

Als Svenja ihre Nichte Annika vom Kindergarten abholt, lernt sie Maren und deren Tochter Lena kennen. Annika und Lena sind beste Freundinnen, und so verbringen die beiden Frauen immer wieder und immer häufiger Zeit miteinander. Svenja verliebt sich in Maren und outet sich, aber Maren hält sich bedeckt. Langsam kommen sie sich näher, doch Marens Verhalten gibt Svenja immer wieder Rätsel auf. Mal scheint es, als würde Maren auch Gefühle für Svenja entwickeln, doch dann stößt Maren sie unvermittelt zurück – was Svenjas Geduld auf eine harte Probe stellt . . .

Ina Sembt: Füreinander bestimmt

Roman

Nach der Diagnose einer Krankheit, die die weitere Ausübung ihres Berufes verhindert, zieht sich Kriegsberichterstatterin Kristin Kamrath in ein österreichisches Dorf in den Voralpen zurück. Dort lernt sie die verheiratete Dorfärztin Ute Würzburger kennen, und beide entdecken viele Gemeinsamkeiten. Vorsichtig versucht Kristin sich Ute zu nähern, doch die blockt rigoros ab. Sie ist schließlich überhaupt nicht lesbisch . . . hatte sie bislang jedenfalls immer angenommen . . . Aber Kristin lässt nicht locker, denn sie spürt es deutlich: Sie beide sind füreinander bestimmt.

Jenny Green: In den Gassen der Stadt

Roman

Astrid ist von langer Krankheit genesen, aber sie hat das Wichtigste verloren: ihre große Liebe Lotta, die Astrids Zurückweisung nicht mehr ertragen konnte. Zuvor waren sie lange Jahre ein glückliches Paar, bis Astrid krank wurde und Lotta in ihrer Verzweiflung immer wieder von sich stieß. Astrid braucht einige Zeit, bis sie erkennt, dass nicht Lotta die Schuldige ist, aber sie kann sich noch nicht wieder auf Nähe einlassen. Dadurch fühlt Lotta sich erneut zurückgestoßen, und eine gemeinsame Zukunft scheint in weite Ferne gerückt. Nach einigen turbulenten Ereignissen und Umwegen über Stockholm und Italien zeigt sich jedoch ein Silberstreif am Horizont . . .

Lo Jakob: Vorübergehende Unzurechnungs-fähigkeit

Roman

Als sich Elf und Hanna zum ersten Mal auf einer Party begegnen, ist es Antipathie auf den ersten Blick. Dass sie sich dann auch noch gemeinsam auf einem Sofa in einer dunklen Ecke wiederfinden, schockiert sie zutiefst. Sie wollen sich unter keinen Umständen wiedersehen.
Doch Elfs Bruder landet mit gebrochenem Bein in dem Krankenhaus, in dem die Ärztin Hanna ihr Praktikum macht. Die zwangsweisen Begegnungen tauen das Eis zwischen ihnen, sie kommen sich näher . . . und näher . . . bis ein fatales Missverständnis Hanna jeden Kontakt abbrechen lässt. Elf konzentriert sich verzweifelt auf ihre Karriere als Pianistin, doch sie kann Hanna nicht vergessen . . .

Toni Lucas: Paradies ist, wo ich liebe

Roman

An der wildromantischen Küste Cornwalls lernen Franziska und Josephine sich unter schicksalsträchtigen Umständen kennen. Franziska lässt sich auf eine Affäre mit Josephine ein, obwohl diese von Anfang an unter einem schlechten Stern steht. Als Franziska erkennt, dass sie keine Zukunft miteinander haben, kehrt sie mit gebrochenem Herzen nach Deutschland zurück und versucht dort an ihr altes Leben anzuknüpfen. Doch wenn das Schicksal beschlossen hat, dass zwei Menschen zusammengehören, versucht es alles, sie auch zusammenzubringen . . .

Julia Schöning: Im Sturm der Gefühle

Roman

Nachdem Carla Tornow herausfindet, dass ihre Lebensgefährtin sie betrügt, flieht sie bitter enttäuscht auf die Insel Juist, wo sie sich in einer Pension einmietet. Die junge Betreiberin der Pension, Lena Peters, verliebt sich Hals über Kopf in Carla, und auch in Carla keimen zarte Gefühle, gegen die sie sich jedoch zunächst noch wehrt. Mit der Ankündigung einer Sturmflut brechen sich schließlich auch die Gefühle Bahn, Carla und Lena verbringen eine heiße Nacht miteinander . . .
Ende gut, alles gut? Nicht für Carla, denn auch Lena hat unangenehme Überraschungen parat, so dass sich Carla schließlich in einem wahren Sturm der Gefühle wiederfindet . . .

www.elles.de